ジェントルマン

山田詠美

Amy Yamada

講談社

ジェントルマン

装幀　Coa Graphics

ぼくの一番好きな写真は、「ローリング　ストーン」というアメリカの雑誌のカヴァーを飾ったものだ。

それは、アニー・リーボヴィッツという女性写真家によって撮られたもので、黒いセーターと濃い色のブルージーンズを身にまとったまま横たわったヨーコ・オノに、素っ裸のジョン・レノンがしがみ付いている。両腕で彼女の頭を抱えるようにして、目を閉じて頬に口付けている。そして、片方の膝は極限まで曲げられ、胴体に絡み付いている。まるで、彼女という木の養分を吸わないと生きて行かれないかのようだ。

そう、ヨーコは木のように超然としている。広がる長い髪は、豊かに繁る枝葉のように見える。そして、自分に向って一心に注がれる想いを、ただ静かに受け止めている。

ポストカードになったその写真は、表紙のものとは少し違う。背景にも色が付き、隅にはベッドのはしの部分と、そこに脱ぎ捨てられたジョンのジーンズのロールアップされた裾が写っている。ここから見て取れるのは、ジョンの方が自分から進んでベッドの上に衣服を脱ぎ捨て、あらかじめベージュ色の床に寝そべっていたヨーコにしがみ付いたということ。

長い年月をかけてつちかった二人の関係は、ジョンによる、この最後の告白で完成された。数時間後、彼は銃で撃たれて、この世の人ではなくなることになる。1980年、12月8日、ダコタハウス前。きっと、行き先は天国だった、とぼくは思う。最期は悲劇だったけれども、その少し前、彼は、自らの所作で、天国行きの切符を買ったのだ。愛情という名の通貨で。

この写真をながめながら、うっとりとそんな話をすると、ロマンティストだな、と言ってきみは笑う。名前そのものだな、と。きみは、ぼくを、ユメと呼ぶ。ぼくの名前は、夢《ゆめ》生《お》。でも、生んだ夢を育てたことは、ただの一度だってありはしない。

きみは、被写体の二人よりは、それを撮った写真家の方に興味があると言った。アメリカを代表する知性と呼ばれた、作家で批評家のスーザン・ソンタグの恋人だったそうだ。そして、その同性同士のパートナーシップとやらについて語った後、不意に笑って、ぼくを見た。そして、口にする。ここには、知性なんか、欠片《かけら》もない。

ここ。ぼくの部屋の床。あの写真と同じ色のベージュ。隣には、やはりあの写真と同じようにベッドがあるが、きみがそこに身を横たえることはない。いつも、その下のここに、ごろりと寝転ぶ。そうすることで、ぼくとの距離を保とうとするかのようだ。

でも、ぼくには見える。きみが自ら選んだこの場所が、二人を最も近付ける空間。そこに仮設された懺悔《ざんげ》室。その存在が、ぼくには見える。

告解をするのは、きみ。それに耳を傾けるのは、ぼく。カソリックと違うのは、ぼくが神父ではなく、迷える子羊の方だということだ。けものの分際で大それたことをしている。そう我に返るたびに哀しみが押し寄せた。たったひとりで、それに耐える我身を憐れみながら、ぼくは、眠り込んでしまったきみに、そっと寄り添わずにはいられない。そして、そうしてもきみが目覚めないと確信した瞬間、その体を横抱きにして、しがみ付く。そう、あたかも、あのアニー・リーボヴィッツの写真を複写するかのごとく。何度もくり返された、このぼくの試みを、きみは、いまだに知らない。

夢生が、彼、坂井《さかい》漱太郎《そうたろう》と関わりを持つ破目になったのは、今から二十年近くも前、高校二年の一学期も終わりに近付こうとする頃だった。もちろん、彼の存在は、とうに知っていた。その存在感は際立っていて、学内で知らない者はなかった。成績は常に上位を保ち、その上、運動能力でも抜きん出ている。姿かたちも良かった。中学時代、全国大会を勝ち進んだという彼が、高校入学と同時に弓道部に籍を置くと、そこは、たちまち女子マネージャーだらけになった。

普通、そのように完璧に見える男は、同性から敬遠されるか、あるいは、妬みとやっかみから中傷されるものだが、漱太郎は、そうならなかった。それどころか、誰よりも秀でているのに、馬鹿もやれる話せる奴として親しまれていた。そして、そのことが、ますます女たちの好感度を上げた。いわく、同性に好かれる人間こそ、本物。彼は、ほんの少し自分を貶《おと》しめて笑わせるという術《すべ》を習得して、非の打ち所のないという形容をほしいままにしていた。

生徒たちのほとんどが、入学当初から漱太郎に注目していた。同じクラスになった夢生も同じだった。普通、誰もが、その特性を埋もれさせる団体行動の中で、漱太郎だけが違っていて引き付けられた。ことさら目立つ態度を取ったという訳ではない。むしろ彼は、率先して、その場の雰囲気に溶け込もうとしているようだった。しかし、漂う空気に従順になろうとすればする程、彼の輪郭は、くっきりと浮き上がるのだった。

どこがどう違うのか。夢生は、漱太郎の一挙手一投足を観察し始めた。

たとえば、誰もが眠気と闘う午後の退屈な授業。あからさまにつっ伏す者あり、テキストを立てて考える素振りをしながら静かに寝入る者あり、中には知らず知らず舟を漕いで机に頭をぶつける者までいる。

そんな時、漱太郎は、と言えば、彼は、正面に片肘をつき、その手を顎に当て前を見詰めている。さすがに、とろりとした眠た気な目をしているが、姿勢を崩すことはない。だからと言って、教師に自分をアピールしようとする嫌味な優等生のように、わざとらしい真剣さを漂わせることもしない。彼は、ただ彼らしく、ゆったりとそこにいる。人の話は、それが何であれ、ちゃんと聞きますよ、と言いた気な様子。生徒の目を覚まさせるためのくだらない冗談には、今にもこぼれそうな笑いをこらえるかのように口許を引き締める。だって、礼儀でしょう？　と、きっと彼は思っている。

しつけられて来たんだ、と夢生は感じる。どんな人にも不快な思いをさせないようなやり方を教えられて育って来たんだ。自分には、あらかじめ与えられなかった豊かな家庭の有様が、夢生の想像の中に広がる。恵まれた人間。その背景のイメージは、いつも彼の心を疼かせる。

漱太郎は、時折、指でマーカーやボールペンを弄《もてあそ》ぶ。煙草を吸うかのように、はさんで口許に持って行くこともある。唇は、薄過ぎもせず厚過ぎもせず、ほど良く乾いている。そこにペンの先が当たると、すぼまる。あの隙間には、いつも、どんなものが入り込むのだろう。きっと、上等なものなんだろう。手間をかけて調理された食べ物とか、香り高くいれられた紅茶とか、きちんと箱に並べられたチョコレートとか。そういうチョコレートには、上に薄い紙がかかっている。その匂いだけは嗅いだことがある。とても気高いカカオの気配がするんだ。夢生は、いつのまにか、漱太郎に、自分の手の届かない憧れの世界を見ている。だって、あの唇の綺麗な皺が安手の食べ物を受け付ける筈がないじゃないか。紡ぎ出す言葉のあれだけの邪気のなさを獲得出来る訳がないじゃないか。

漱太郎が口にする言葉には下劣な要素が何もなかった。周囲の男子生徒と口調を合わせる時ですら、そこには、品が漂っていた。あえて使う乱暴な物言いには、必ず茶目っ気が付いて回り、人々の気持をなごませた。のほほんとした馬鹿を、あえて装っているようなところもあった。それは、明らかに人が気付く類のもので、軽い同情を引くのに充分だった。そして、その同情は優越感につながり、誰もが気分を良くしてしまうのだった。この、非の打ち所のない男に同情出来てしまえる自分！　そう感じて、自分を少しばかり格上げするのだ。

その様子をながめながら、夢生は、漱太郎が付け込まれる余地を常に残している才人なのだ、とつくづく感心する。

漱太郎の才能は女たちに対しても発揮された。同級には、彼以上に美貌の男子生徒が何人かいたが、人気の面では、はるかに漱太郎に引き離されていた。彼らは、始めから手の届かないアイドルのように扱われ、誰も親近感を抱こうとしなかった。美しい写真を鑑賞するかのごとく、溜息と共にながめられるだけだった。

漱太郎は、そんな彼らとは一線を画していた。高いレベルで外見と内面のバランスを見事に取りながらも、そこに隙というアクセサリーを付け加えるのを忘れなかった。そのたたずまいが、ひどく女たちの気をそそったのだと思う。皆、彼に近付きたがった。だって、そこには、言葉にしようのない魅力が漂っている。わざとほつれたままにされたような洗練に似たもの。彼は、オーラの着崩しに長けていた。野暮なカリスマなどお呼びではなかった。優れているのに、ちょっと抜けてる。そう感じさせた時、女たちは、その男に、最大級の讃辞を送るのだ。あの人には、可愛気がある、と。

理想の男のタイプは？　と尋ねると、女たちは、たいていこう答える。優しい人。年増になるにしたがって、優しいだけじゃ駄目よ、などと憎々しく吐き捨てるように言い始めたりするけれども、女の子、と呼ぶに相応《ふさわ》しい人たちは、やはり口をそろえる。優しいのが一番よ。

夢生が考えるに、彼女たちの言う優しさとは、マナーの良さということではないか。だとすると、漱太郎という人間は、とてつもなく優しい。優しさにおける熟練者と言える。電車やバスの中では、老人や体の不自由な人、おなかの大きい妊婦のみならず、ただの女にも席を譲る。偶然、そんな場面に出会《でくわ》したことがある。本当に、ただの女だった。取り分け美しい訳でもなく、しかも、座る必要などないくらいに、たくましい脚の女。それなのに、彼は、笑みをたたえて立ち上がり、手の平を上に向けて、女を促した。その瞬間、女の頬が薔薇色に染まった。たぶん、あんな色で自分の皮膚を染め上げたのは、生まれて初めてなのではないか。怒りでも羞恥でも狼狽でもない、喜びによる血の気。彼は、何の関わりもないひとりの女をあの時、確実に幸福へと導いた。

学校では、早速、そのことが話題となっていた。そして、それが発端となり、漱太郎による自分が受けた優しさ自慢へと発展して行った。重い荷物は必ず持ってくれる、ドアは必ず開けて先に自分を通してくれる、などという小さなものから始まって、ふられた際に慰めてくれたただの、部活で疲れた時に、さり気なく甘い物を差し入れてくれたただの、些細なエピソードを口々に語り始めた。誰もが得意気だった。中でも、生理中に貧血を起こしたら、抱きかかえて保健室に運んでくれた、という逸話を披露した女生徒は、鼻高々だった。羨まし過ぎる！　とか、私も彼の前で倒れてみる！　などという嬌声が、あちこちから飛んだ。たいした騒ぎだ、と夢生が呆れていると、それまで黙っていたひとりが、重大なことを打ち明けるかのように声を潜めた。あのね、坂井くんの優しさって、そんなちゃちなもんじゃないの。その場が一斉に静まり返る。

彼女が話し始めた「ちゃちでない優しさ」とは、こんな感じ。

私、ほら、坂井くんと小学校から一緒じゃない？　五年生の時、クラスにすごく貧乏なうちの子がいたのよ。いつも汚れた格好してて臭うの。みんなあんまり近寄らないようにしてたんだけど、坂井くんだけは仲良くしてあげてたのね。体育で二人組になりなさいって言われた時なんか進んでその子と組んだりして。みんな坂井くんと組みたがってたのにさ。ま、それはともかく、ある時、その子が給食費をずっと払えないでいることがばれちゃったの。そしたら、男子たちが不公平だって騒ぎ出した訳。ただ飯食いだって。金払えない奴は給食を食うなって、その子を責め立てたの。あのくらいの子供って残酷だからね。え、その子？　じっと下向いて黙ってた。そしたら、男子たち、ますます図に乗っちゃって、はやし立てて。そりゃ、私たちだって、可哀相とは思ってたよ。でも、仲間外れにされたら嫌だから、黙ってるしかないじゃん？　でも、その時、坂井くんが怒鳴ったの。ぼくも払ってない！　って。で、ただ飯食いで悪かったなって言って、その次の日から、坂井くんも給食に口を付けなくなっちゃったのよ。あの人んちがお金持だっていうのはみんな知ってたから、嘘だって思ったんだけど、あまりの迫力に誰も何も言えなくなっちゃって。その内、ひとりふたりと給食をボイコットし始めて、とうとう苛めた男子たち以外は食べなくなっちゃったの。え？　私？　もちろん、坂井くんに賛同したよ。あの人によって、私は正義ってものを教わったの。先生に気付かれて、ものすごく叱られて、ボイコットは終わったんだけど、事情を知った先生、涙ぐんでた。私たちも泣いちゃって。貧乏が子供の責任じゃないってことを、体を張って教えてくれた坂井くんって、すごいと思った。あえてお金を恵まなかったのよ。

夢生は、いっきに鼻白んで、その場を立ち去ろうとしたが、ついでなので、もうひとつばかり「ちゃちでない優しさ」を知っておくことにした。

あたしの知ってる坂井くんの優しさは、もっとすごいって。あれ、確か、中二の時。隣のクラスの子に聞いたんだけどさ、そこに二年くらい遅れてる、すごく体の弱い女の子がいたのね。休みがちで、たまに学校に来ても、すぐふらふらになっちゃってたんだって。その子、気分が悪くなると、授業中でもトイレに行くの間に合わなくて、その場で吐いちゃうんだって。そのたびに、うえー、また始まったよー、とかみんな思って、うんざりするんだけど、隣の席だった坂井くんだけは違ってて、すぐに、その子に駆け寄って、背中さすったり、おまけに吐いたもん片付けてやったりしてたんだって。近くの席の男子が呆れて、よく気持悪くねえなって言ったら、坂井くん、なんて返したと思う？　ばーか、おまえの腹ん中のもんとおんなじだよ、って、笑ったんだってさ。そして、休み時間に、その子の汚れた教科書、外の水道で洗ってたって言ってた。あたしの友達、これ乾かすから、おまえのドライヤー貸せよって言われたんだって。私がロッカーにドライヤー置いてたの知っててくれたんだよーって、その友達、感激しちゃってさ。え、違う。それで終わりじゃないんだよ。実は、その体の弱い子、白血病でさ、とうとう学校に出て来られなくなっちゃったんだけど、坂井くんの提案で、毎月、順番に、グループで病院に御見舞に行くことになったんだって。友達作らずじまいで可哀相だからってことで。結局、その子、死んじゃったんだけど、良い思い出をいっぱい作ってあげられて最高だったたって、あたしの友達、感動してた。生と死について考える機会を与えてもらって勉強になったたって。坂井くん、今でも、時々、お墓参りとか行っているみたい。偉いよね。

えらーい！　すごーい！　漱太郎について語り合う時、いつも人々の会話は感嘆符で韻を踏む。夢生の心の中も、びっくりマークだらけだ。ただし、人々のものとは種類が違うようだ。常に、そこには疑問が滲んでいる。どうして⁉

いったい何故、漱太郎は、そんなにも解りやすい優しさを人々に提供し続けるのか。夢生が知る限り、不自然さの欠片もなく、軽々とそれをやってのける人間は、彼の他にいない。人々は、その優しさを彼そのものから湧き上がる泉のようにありがたがる。わざわざポンプで汲み上げた水ではないことが解るのだ。もし、自分が彼と同じような、一見、思いやりに満ちた行為に及んだとしても、偽善と勘ぐられるのがおちだろう。あるいは、弱者に寄り添おうものなら、同病相憐れむとはこのことか、と不憫がられてしまうかもしれない。でも、それは正しい。自分にとって、漱太郎の体現する類の優しさは、意志の力を借りて覚悟を決め、えいやっと引っ張り上げなくては外に出て来ないものだからだ。そして、そのがんばりは、いとも簡単に人に悟られる。汲み上げられた水。それは、どう殺菌されても湧き水の味にはかなわない。

けれども、と夢生は、こうも思うのだ。自分が湧き水に固執したことなどあっただろうか、と。そもそも、自然に湧き上がる優しさに出会ったことがあったか。彼が、これまで感謝して来た優しさは、ほとんどが、それを与えてくれる人によって、既に加工されたものだった。価値観や道徳を削り、同情や慈悲を付け加え、時には、欲望を振りかけた末に仕立てられた優しさ。手がかかっていた。彼は、その手間にこそ謝意を払って来たのである。

自然に湧き上がる優しさは、確かに純度が高いのだろう。それが、今の時代においては稀少価値なのも解る。でも、夢生はそそられない。誰もが心魅かれる漱太郎に興味を持ちながらも、好意を抱くまでには至らないのは、彼が自分の苦手とする清廉なイメージに完璧なまでに覆われているからだ。しかし、だからこそ、目を離せない。家畜の群れに天然記念物がいれば、それに気を取られるのは当然のことだ。

漱太郎についてのそんな印象を、夢生は、もちろん、口にすることはなかった。誰に言っても理解される筈もないだろうし、その必要もなかった。第一、漱太郎は常に人に囲まれる立場にあり、その輪に入れない者たちは彼を遠くから仰ぎ見るべしという暗黙のルールが出来上がっていた。それをわざわざ乱しでもしたら、異端者扱いされるに決まっている。それに、誰にでも感じの良い彼は、当然、夢生にだって感じが良いのだ。ひとりで、ぽつんと教室の隅にいる時には、たまに気付いて声をかけてくれる。お、宮下《みやした》、最近どんな感じ？　とか何とか。どんな感じか、本当に知りたい訳？　と思いながらも、夢生は、愛想笑いをしながら答える。うん、おかげさまで。そっか、良かったな、と言われて肩を叩かれた後、なるほど、とひとりごちる。さすが、完璧だな。目立たない生徒への心配りも、優しさという名のマナーのひとつだ。悪くない。まったく、悪くない。だけど、余計な御世話だ。こんなふうに感じる奴がいるのも承知の上なんだろう。出来る男。ますます目が離せない。

少々ひねくれた傍観者でいる自分自身を夢生はいつしか楽しんでいた。心の中が外からうかがえないのは便利だな、とほくそ笑んだ。漱太郎劇場をシニカルな批評を交じえてながめているのは、ぼくだけなんだ、と自己満足に浸っていたのである。彼に対して、これっぽっちの悪意も持ってはいなかったのであるが。

しかし、ある時、漱太郎に自分と同じ種類の視線を送っている女生徒の存在に気付いた。同時に、彼女も夢生の見ているものに感付いた。二人は、しばらくの間、目を合わせたままでいた。やっぱり、あなたも？　と彼女が瞳で語りかけるのが解った。頷《うなず》く代わりに、まばたきで答えると、彼女も同じように返した。ようやく仲間を見つけた喜びに、彼らは、口角を上げて見詰め合う。

こうして、それまで、ただのクラスメイトに過ぎなかった藤崎圭子《ふじさきけいこ》は、夢生の親友になった。

圭子は、夢生同様、物静かで控え目な生徒だと思われていたが、その印象は、決して、彼女の慎ましい性質から来ているものではなかった。ただ、そう見えるように装っていただけだったのだ。いや、装っていたというのは当たっていない。彼女は、いつも、教室で、彼女自身だった。自分の言葉を使うための時と場所、そして相手を吟味するあまりに、ほとんど従順な生徒のように、人々の目に映ってしまっていたのだった。長いこと、彼女は、話すべき相手を見つけられずにいた。社交辞令で話をつないで行くくらいなら、沈黙を選んだ方がましだと思っていたのだ。適度な笑顔さえ作っておけば、偏屈者のそしりを免れる。そうして耐えて来た末に、夢生と出会うことが出来た、と後に語った。

初めて互いに目で確認し合った瞬間から、夢生には解った。圭子とは何でも話し合える。そして、実際にそうなった。

彼女は夢生の性的な志向を知る、初めての異性となった。

「で、ユメは、一度もあいつに感じたことはないの？」

「何を？」

「ときめき、みたいなもの」

夢生は圭子の問いに笑って、ない、と答えた。なあんだ、と彼女はつまらなそうに口を尖らせる。

「男なら誰だって良い訳じゃないもん」

「だって、あの坂井漱太郎だよ？　眉目秀麗、文武両道、しかも弱きを助け、強きをくじく、完璧じゃん？」

「そういう手垢の付いた言葉の似合う奴って、つまらなくない？　ケイだって、そう思ってるから、他の女子たちみたいに騒がないんでしょ？」

彼らは、二人きりでいる時だけ、ユメ、ケイと呼び合っていた。ひとりでも、他の人間が側にいる時は、よそよそしく名字で呼び合う。彼らが定めた秘密の協定は他にもいくつかあって、それらは学校生活を特別なものにした。日々の心許なさが、たちまち消えて行った。たとえ何が起ったとしても、自分には味方がいる。そう思うことは、彼らを心からくつろがせた。そして、そこで生まれる余裕が積極性を連れて来た。学校は、もう、他人をながめて日々を過ごすだけの場所ではなくなった。自分たちが、あらゆる事柄を評価する権利を手にした、人知れぬ主役になったのだ。

二人は、同じ高校の連中が来ない珈琲店の片隅のスタンドで、長い時間、語り合った。放課後のすべてを分け合ったと言っても良い。感動した本や映画、夢中になっている音楽などについて。出会う以前の自分に関する事柄を報告するのにやっきになった。そして、ようやく過去を語り尽くして現在に行き着いた時、友情の下地は出来上がっていた。そこからは、もう前置きなしに、共有する今現在を考察すれば良い。

彼らは、社会問題などには、たいして興味を示さなかった。自分たちは、まだ到底、社会の一員とは言えなかったし、相棒を得た学校生活に夢中で、身に降りかからない事件は、ただのゴシップに過ぎないように思われた。時たま、ゲイの権利云々が話題に上ったりもしたが、当の夢生の知識が乏し過ぎて、寝てみたい男の品定めの方向に会話はずれた。自由を侵害されなければ、どうでも良い、と彼は思うだけだった。

二人がもっぱら楽しんだのは、偏見に満ちた身近な人間に対する人物評だったが、その中でも頻繁に登場したのは、やはり彼らをいっきに近付けた漱太郎だった。

「いるんだねー、ああいう人。見るたびに溜息をついちゃうよ」

「ケイのその溜息って、感嘆？　それとも呆れてるの？」

「落胆だよ。あんなに出来た人間を作っちゃって、神様って不公平だなあって、つくづく思っちゃう。私、少しでも坂井と同じ種類の才能に恵まれてたら、もててもてて困ってたのになって」

「困らないですんでて良かったじゃん」

「あー、そうですねー」

「だいたい、そんなんで困ったりしないから坂井くんなんでしょ？　それに、あの人、もててることに価値なんか置いてないよ」

「そうだね。そうすると、ますますもててしまう不思議。どうにかもてたいって、そればっか思ってる男子には、とても近付けない境地だね。この間、C組の女子に告白されててさ、あいつ、こう言ったんだよ。おれなんかより相応しい人、きっといると思うから、だって!?　おれなんかより、だよ？　でもさ、謙遜じゃなくて、本心から、そう言っているみたいな顔してたの」

「本心なんだよ」

そうだ。漱太郎には思惑なんか、これっぽっちもない。いつも本心をあらわにしている、たぶん。そして、その本心は真心と置き替え可能なのだ。彼にかかれば、マナーも礼儀作法から脱皮して優しさに姿を変え、人々の心に留まる。それを八方美人と呼ばせないのが、彼の才覚だ。

「ねえ、ユメ、あいつって、どうしてああなの?」

「うーん、それはねえ……」

「それは?」

「ジェントルマンだからだろ?」

なーるほど、と呟いて、圭子は天を仰いだ。

「日本にいるジェントルマンなんて、全部偽物だと思ってたけど……」

「いたんだよ」

「いたんだね」

「でも欲情しない」

そう言って夢生が舌を出すと、ネルのドリップに湯を注いでいた珈琲店の店主がちらりとこちらを見た。彼は、常連の子供たちを半ば呆れ顔で黙認している。それを意識するたびに夢生は、おかしくてたまらない。世間知らずに背伸びをさせるのは、旨いコーヒーのせいだ。

「ユメ、私たち、あのジェントルマンの生き様をこれからも見守って行こうね」

「あ、ぼく、生き様って言葉、大嫌い」

「オッケー、じゃ、死に様だ」

「いいね、それ」

「乾杯」

二人が合わせたパイレックスのカップがかちりと鳴った。

あれは、何のための乾杯だったのか、と二十年近く経った今でも夢生は首を傾げる。高二になり、漱太郎とクラスの分かれた彼らは、あのジェントルマンについて語ることに、すっかり飽きてしまったのだ。


アニー・リーボヴィッツには三人の子供がいて、ひとり目の出自に関しては定かではないが、五十歳を過ぎて授かった下の双子は、代理出産によるものだったという。

子供というものについて考える時、ぼくは、いつも不思議な気持になる。圭子のような例外もいるが、多くの女たちは、愛する男との子供が欲しいと切に願うものなのだそうだ。ぼくは、自分の精子を提供して子供を作ることは出来るかもしれないが、好きな男とその共同作業によって授かるのは、絶対に不可能だ。自分の遺伝子は残せても、それをその男のものと混ぜ合わせて、新たな生き物を作り出すのは無理だ。あの写真家は、自分のDNAの行方を見届けたかったのか。それとも母性本能の為せる業なのか。あるいは、普遍的な人類愛とやらに衝き動かされたのか。ぼくに解るのは、あれほど精魂を注いだ写真でも、子供の代わりにはならないということだ。

きみには、既に息子が二人いる。上の子は六歳、下が三つになったばかり。今のところ、どちらも、きみと妻の良いところが上手い具合に合体したような顔立ちをしている。ぼくが遊びに行くと、そろって駆け寄って来て、まとわり付く。可愛らしいな、と思う。小動物は、それが何であれ愛くるしい。つたない言葉を覚え始めた人間の子なら、なおさらだ。ユメちゃんと呼ばれて、日向《ひなた》くさい頭を押し付けられると、ぼくの芯にも陽が差し込む。つかの間、暖かい気持になるが、次の瞬間、我に返って、こう思う。この子供たちは、あの男の血を引いている。それが、どんなに恐しいことか、ぼくだけが知っている。そして、幸せそうな妻をながめながら、内なる冷え冷えとした心が口を開く。あんたが何を生み落としたのか解っているのか？　この子供たちは、確かに夫婦の共同作業による結果として生を得た。しかし、それは本当の意味での共同作業ではない、ただの肉体のすり合わせ。

真の共同作業に加わっているのは、ぼくの方だ。この部屋でくつろぎ、本来の自分を取り戻すたびに、きみだって言ってくれる。おれが本当に必要とするのは、ユメ、おまえだよ、と。

ぼくは、きみの言葉のしずくをひとつ残らず吸い取り、自分の魂と交合させる。やがて、その受精は成功し、ぼくは、きみの子供を生むだろう。それは、誰の目にも見えない子。でも、だから、どうだと言うのだ。孕んだ女の腹に居座り続けた者たちよりも、その子は、はるかに気高い筈だ。そうでしょう？　漱太郎。

別のクラスになって以来、たまに視界のはしを横切って行く、姿の良い同級生とだけしか認識されなくなった漱太郎が、その日から夢生に食らい付くようになろうとは、想像すらしていないことだった。

北上している台風の影響で激しい雨が降り始めた夕方だった。ほとんどの部活動が早目に切り上げられ、多くの生徒たちが帰宅を急いでいた。

　夢生も自分が所属している華道部の部員たちといったん学校の外に出たが、忘れ物に気付いて、慌てて、ひとりだけ茶室に戻ったのだった。校舎の別棟に作られた畳の部屋は茶室と呼ばれていたが、曜日によって、茶道部と華道部が交替で使うことになっていた。

　顧問の村山《むらやま》先生が、まだいてくれると良いのだが、と思いながらも、夢生は、常に凜とした態度を崩さない四十がらみの女教師の顔を浮べて身震いをした。気持がたるんでいるから物を置き忘れたりするのよ、とたしなめられる自分が見えるようだった。

　厳しい人だった。部員たちの居住まいの在り方には容赦がなく、いつも周囲に緊張を強いていた。しかし、だからこそ、花の扱いに精神性の道を敷く、その術に信憑性を与えていた。そんな彼女の姿勢に、親しみは覚えずとも尊敬の念を抱く者は少なくなく、彼も例外ではなかった。鋏《はさみ》を使う時の枝葉の捌《さば》き方が見事だ、と感動することもしばしばだった。たったひとりの男子部員である自分を特別視する訳でもなく、かと言って、女子と同じ所作を強要するでもなく、ごく自然に花と対峙するよう仕向けてくれた、その適切な指導には、心から感謝していた。プラモデルや戦闘ゲームで遊ぶよりも、花を愛でている方がはるかに好きだったのを隠し続けて来た、子供の頃からの後ろめたさが、彼女によって払拭されたのだった。美しいものに抵抗するのは愚かなことよ、とその人は言った。でも、それを踏まえた上で、あえて愚かな行為に手を出してみましょう。その瞬間に蕾を落とした鋏の、清冽な水音にも似た響きを、彼は、しっかりと記憶にとどめた。

茶室の入口に続く扉には鍵がかかっていなかった。どうやら村山先生はまだ残っているらしい、と夢生は、ほっとした。忘れ物は、同じクラスの女生徒に頼み込んで、ようやく借りることの出来た、昔の少女漫画の十数巻にも及ぶ単行本で、どうしても今晩から読み始めたかったのだ。

夢生は、茶室の引き戸を静かに開けた。その向こうの閉じられた障子の奥で人の気配がする。彼は、三和土《たたき》に立ったまま、小さく咳払いをした後、声をかけようとした。しかし、思わずためらってしまったのは、その時、異様な呻き声を聞いたような気がしたからである。

少しの間、待ってみた。外の雨の音以外、何も聞こえない。空耳か。そう首を傾げて、再び声をかけてみようとした瞬間、不自然だ、と感じた。激しくなりつつある雨のせいで、外は夏のこの時刻とは思えないほど暗かった。茶室の中は、さらに暗い。それなのに灯りが点いていないのである。何をするにしても、これでは暗過ぎる。停電？　まさか。ここに続く渡り廊下の電球は、確かに足許を照らしていた。

訝し気な表情を浮かべながら、夢生は、かがみ込んで障子に手を掛けた。すると、再び聞こえたのである。今度は、空耳でないのが、はっきりと解った。元々は悲鳴である筈のものが、無理矢理遮られて、何も訴えかけることの出来ない、ただの唸りに変えさせられた音。そして、そこには、男の低い笑い声が重なっている。

何か大変な事態が起っている、と夢生は呆然としたまま動けなかった。自分の見知っている性的な行為とは似て非なる気配であるのを、すぐさま悟った。何故なら、こちらに届く息づかいの音が、吐くためではなく、圧倒的に吸うために発せられていたから。自分が障子の向こう側にいる誰かを助けなくてはならない立場になったのを知り、彼は、すっかり狼狽していた。その「誰か」が、万が一、村山先生だったら？　そう思い付いた途端、彼は逃げ出すことを考えた。見なければなかったのと同じだ。それに、もしかしたら自分の勘違いかもしれない。男と女が、ただよろしくやっているだけかもしれないじゃないか。

夢生は、その場を立ち去るべく、急いで腰を浮かせた。けれども、足が動かなかった。その瞬間、発せられた声に、確かに聞き覚えがあったのだ。ねえ、静かにしようよ、とその声は言った。

あれは、去年のホームルームの時だった。生徒たちの自主性にまかせたディスカッションの時間。確か議題は、ボランティアか何かについてだった。順番だからという理由で、内向的なあまりに「ぐず」と呼ばれていた女生徒が司会をやらされていた。誰もが予想していた通り、その進行は段取りが悪く、一向に埒が明かない討論となり、やがて、うんざりした連中が司会者を無視して雑談に興じ始めた。中には、聞こえよがしに、「ぐず」は飛ばせば良かったじゃん、などと言い放つ者も出て来た。司会者は、段々、しどろもどろになり、とうとう泣き出してしまった。それでも、自分勝手に話し続けるのを誰も止《や》めようとはしない。すると、担任がそうする前に坂井漱太郎が立ち上がって、穏やかな調子で皆をたしなめたのだ。ねえ、静かにしようよ、と。

もうずっと気にもかけずにいた漱太郎の輪郭が、くっきりと夢生の内に甦った。あの、会ったすべての人に強い印象を与えずにおかなかった男。どうして、今、この場所で、なのか。まったくそぐわない暗い茶室で、彼は自分を目撃者にしようとしている。

そう、夢生は、見よう、と思った。見たくて見たくてたまらない欲望が突然湧いて来て、抑えることが出来なくなった。いったい、何が起っているのか。漱太郎をただの欲情した男に引き摺り降す光景が待ち受けているのか。女に対してこれっぽっちの敬意も持たない人でなしの証明がなされているのか。

もう、そこにいるのが村山先生であろうとなかろうと、どうでも良かった。夢生は、漱太郎が持ち得た意外性のみに興奮していた。

音を立てずに少しだけ障子を開けた夢生の目に飛び込んで来たのは、薄暗い湿った空気の中で、畳に押し倒されてもがいている女、そして、その体に覆いかぶさる男だった。すぐに目は慣れて、二人が、やはり、村山先生と漱太郎であるのが解った。彼らは絡み合っているように見えたが、外れない知恵の輪のように先生の脚が必死に動き続けていたので、抵抗しているのだと見て取れた。片方の足首には、黒いレースの下着が、シュシュのようになって巻き付いていた。あの生真面目な先生が、そんな下着をつけていたのか、と、夢生は意外に感じた。足の爪に色が塗られていたのも、そうだ。暗い中でも、それらが真紅なのに、彼は気付いた。人は見かけによらない、というのは本当なんだ。

漱太郎は、片手で先生の一方の肘を畳に押し付け、もう片方の手で自分の革のベルトのバックルを緩めようとしていた。しかし、あまりにも先生が暴れるので、なかなか上手く行かない。金属と革が何度もぶつかって、もどかし気な音を立てた。そして、そのたびに、先生は喉を鳴らす。必死に叫んで助けを呼ぼうとしているらしいが、声がくぐもってしまって、とても外には届かない。たとえ届いたとしても、おもては激しい雨。人は滅多に通り掛らないし、ここでの物音は、すべて搔き消されてしまうだろう。完全犯罪に相応しい嵐の茶室。見ると、先生の口には向日葵《ひまわり》の花が押し込まれていて、不思議に、そこだけが、ぼんやりと明るい。今日の部活動で使った小振りの向日葵だ。

先生のブラウスの前は、すっかりはだけられていた。ボタンは引きちぎられてしまったのかもしれない。キャミソールとブラジャーは一緒くたに首の方まで引き上げられていて、それらの色は、どちらもベージュだった。足首に巻き付いているのと違う色。そろえないのか、と夢生は思った。薄いブラウスを通して下着が透けてしまうのを気づかっているのかもしれない。でも、なんて野暮なんだろうと彼は感じる。洗練とやらから最も遠ざかっている。花の生け方とは大違いだ。

この時の自分の奇妙な冷静さを、夢生は、後に、いくら考えても説明することが出来ない。障子の手前で漱太郎の声を認識した瞬間、彼のすべての感情が、どこかに連れ去られてしまったのだ。残ったのは、ただ見届けたいという欲望のみだった。しばらくの間、宙吊りにされていた漱太郎への観察願望が、急遽、自分の許へ舞い戻って来たのである。倫理観など消え失せていた。いったい、魅了される対象を目の前にした時、人は、そんなものを必要とするだろうか。そうだ、確かに彼は魅せられていた。むき出しの情欲のまま、やみくもに欲しいものと格闘する生きものに。それも、ただの生きものじゃない。高貴だった筈の生きものだ。女を犯すという卑劣な行為は、漱太郎に汚点を与え、それ故に、ようやく、自分の気をそそって止《や》まない存在になった。夢生は、非の打ち所のなかった男に、自分にしか解らない美点を見つけたのである。隠されていた道徳の汚れ。男のそれほど、心を疼かせるものはない。

漱太郎は、先生の首筋に噛み付いていた。吸っているのではないのが、彼女の急に歪んだ表情で解った。苦痛のあまりか、眉間に深い皺が刻まれた。それと同時に両目は見開かれ、般若《はんにゃ》の面のような表情になった。極限の恐怖を与えられた時の顔は、それ自体が恐しい。夢生の背筋が寒くなった。母を思い出したのだ。彼の継父に暴力をふるわれた時の、あの苦痛に満ちた顔つき。側で見ているしかなかった自分に目をやりながら、苦しみを怒りに変えた。何故、ぼくを怒るの？　と彼は思った。でも、幼な子であった自分に、いったい何が出来たというのだろう。あの人の怒りは、いつも、こちらに向けられていた。きっと、先生もそうなんだろう。ただ傍観しているぼくに気付いたら、あの憎しみの目は、この体を刺そうとする。

先生は、必死に自分の上に乗っている体を押し上げようとしていたが、やがて、諦めたかのように力を抜いた。そして、少しの間、漱太郎の好きにさせていたが、いつのまにか空いている手が畳の上を這い始めていた。

それに目を留めた夢生は、あっと思った。じりじりと移動する指の先には、花鋏が転っていたのだ。漱太郎は、まったくそれに気付かずに、彼女の胸に顔を埋めている。

逡巡することなく、夢生は、茶室の中に駆け込んだ。そして、先生が鋏を握り締める寸前に、思いきり、それを蹴り飛ばした。激しく揺れていた空気が、ぴたりと動きを止めた。横たわっていた二人が、同時に、彼を凝視した。その視線にうろたえながら、彼は立ち尽くしていた。

長い時間が経ったように感じられたが、そうではなかっただろう。先生を押さえ付けたまま、何が起ったのか理解出来ないといった様子でぼんやりと顔を上げたままでいた漱太郎だが、やがて、事の次第に気付いたらしく、くすりと笑った。そして、笑いを滲ませたまま、言った。

「なんだ、おまえか」

助かったという安堵感からか、先生の目から涙が噴き出した。そして、もがいていた時とは別の声音で、うーうーと呻き出した。それを耳にして、夢生の内に、人としてするべきことが再び姿を現わし始めた。自分はどうかしていた、と思い、口を開きかけた。止《や》めろよ！　と強い調子で漱太郎を責めるつもりだったのだ。本当に。ところが、彼は、夢生にこう頼んだ。あの、誰の心をも優しく溶かすような調子で。

「悪いけど、手伝ってくれない？」

その瞬間、夢生の声帯には閂《かんぬき》が掛けられた。と、同時に、まるで操られた人形のようになり、漱太郎の命じるままに、先生の余力を奪うべく、彼女の体に、さらなる重しをかけたのである。

漱太郎は自分の学生ズボンからベルトを引き抜いた。そして、先生の膝を折り曲げ、その足首と同じ側の手首を合わせて、ベルトを巻き付け固定した。反対側の腕と脚は、脇で夢生が抱え込んだ。そうして準備が整うと、いったん漱太郎は体を起こして、自分の身にまとっていたものすべてを脱ぎ捨てた。

「あ、そこにスタンドあった。それ点けて。見えないとつまんないや」

促されて振り向くと、夢生の背後に、行灯《あんどん》を模した小さなスタンドがあった。彼は、後ろ手で、そのスウィッチを押した。

部屋に、ぼんやりと明かりがともった。漱太郎の姿が橙色の光の中に浮かび上がる。その顔を見て、夢生は意外に感じた。けだもののような本能に支配されている筈の彼の表情には、これっぽっちの獰猛さもなかった。そこには穏やかな微笑が形作られ、憐れむべきものを見下ろすかのように、かすかに眉尻が下がっていた。

先生は、もう、とうに抗うことを止《や》めていた。すべてを諦めたような様子で、天井を見詰めたまま、まばたきすらしなかった。漱太郎が太股を開くと、ベルトで結わえられた方の足の膝頭が力なく揺れた。

「馬鹿だなあ」

そう呟くと、漱太郎は、規則正しい動きで先生を犯し始めた。それに連れて、夢生の腕の中の彼女の体のパーツが震動した。この片腕と片脚は、今、死んでいる。漱太郎によって動かされているだけなんだ。そして、彼の性器の行き来する速度を、こちらに伝えている。

障子には漱太郎の影が映っていた。それは、朧《おぼろ》げであったが大きく、茶室を満たす空気に采配を振っていた。明るさも暗さも、その動きによって変化した。湿度も温度も、高くなったり低くなったりをくり返した。夢生は、ふと影絵芝居でも観ているような気分になって、いつしか、ぼんやりしてしまう。すると、すぐさま、たしなめられるのだ。もっと、ちゃんと、やろうよ、と。そのたびに、声には出さずに、口を尖らせて不本意だと伝えてみる。やってるよ。ちゃんと、やってる。彼は、影法師を見ながら、きちんと勃起していたのだ。

そう言えば、さ、と漱太郎が話し出す。

「おまえと仲良かったあの彼女、あ、藤崎さんだ、元気？」

「うん」

「つき合ってんだろ？　もう、やっちゃったの？」

「藤崎さんとは、そんなんじゃないよ」

「そんなんじゃないって……どんななんだよ」

「……親友」

漱太郎は動きを止めて夢生を見た。そして、怪訝そうな目付きになったかと思ったら、吹き出した。

「嘘だろ？　女と親友になんかなれんの？」

「なれるよ」

「おまえ、変わってるな」

「女の人に、こんなことする奴には解らないよ」

「何、言ってんだよ。おまえだって共犯者じゃないか」

共犯者、になるのか。夢生は、ただの物体のようになった先生に視線を移した。確かに、自分も、ひどいやり方で女を貶しめることに加担している。でも、それ自体を楽しんでいる訳では、決して、ない。ぼくが、断れずに漱太郎を手伝っているのは……考えてはみるが解らない。それにしても、この向日葵の淫靡な様と来たら、どうだ。口に押し込まれるには大き過ぎて、半分以上はみ出している。花弁は唾液に濡れて、まるで、黄色の花が、生まれ出て来る寸前のようだ。剣山にこの茎を挿した時は、ずい分と風変わりな姿だな、と思ったけれども、人の口に生けた方が、余程、斬新に見える。そう言えば、向日葵の花は、いつも太陽の方を向いているんだったな。

夢生は、手を伸ばして、花の角度をずらした。そして、頷く。茎を折って、口全体にはめ込むようにしてみると、この花の特性が際立つ。お陽さまのない所でも、一番明るいものを仰ぎ見ている風情だ。

「花が好きなのか」

漱太郎が、不意に聞いた。

「うん。坂井くんは？」

「漱太郎でいいよ」

「でも……」

口ごもる夢生に、漱太郎は目で問いかけた。

「そんなに親しくないし……」

「この期に及んで変な奴。同じ女とやった奴を兄弟って呼ぶんだから」

「ぼく、やってないもん」

「やる？　おれの後？」

夢生は、慌てて首を横に振った。漱太郎は、肩をすくめながらも、腰を動かすのを止《や》めない。その様子は女を汚すことに集中しているようにはとても見えない。

「華道部なの？」

「そう」

「なんで、また」

「だから、花が好きなんだよ。さっきも聞いたけど、坂井くんは……」

「漱太郎」

「……漱太郎は？　興味ない？」

うーん、と少しの間考えて、漱太郎は答えた。

「嫌いじゃないけどなー、とりわけ好きって訳でもないかもな。あ、菜の花は好きだ」

「え？　あんな素朴なの？　意外。どうして？」

「おひたしにすると、おいしいじゃない？」

なんて呑気な会話なんだ、と夢生は呆れた。動き続ける漱太郎が、まるで、ボートでも漕いでいるかのように、もう少しで錯覚するところだ。

それから、しばらく二人は無言だった。雨は降り続いている。その音が激しさを増すにつれて、漱太郎の呼吸も荒くなって来ていた。けれども、我を忘れた必死さは、ない。抵抗する先生を思い通りにしようとしていた時は常軌を逸しているように見えたけど。ぼくの手助けのおかげで余裕を取り戻せた？　そう思うと、夢生の頬は熱くなった。感じたのは、何とも言えない嬉しさ。そして、同時に、強烈な妬ましさ。彼は、漱太郎の性器が抜き差しする、その部分を、ただ見詰めている。

「口の花、もう取ってやっていいよ。この時間に、この雨じゃ、どうせ叫んでも、誰も来やしないから」

なんだ、おもしろい絵なのに、と思いながらも、夢生は言われるままに、先生の口の中で、半分遭難しているみたいに見える向日葵を取り出した。すると、その時を待ち望んでいたかのように、彼女は、大きく息を吐いた。話に聞いたことのある臨終の際の溜息とは、このようなものかもしれない、と感じた。たぶん、今、彼女の内なる何かが死んだのだ。手にした茎の折れた先に咲く花も、すっかり、こうべをたれてしまい、もう太陽を仰ぎ見ることもない。

夢生は、息を引き取った人にするように、見開いたままの先生の目を閉じさせるべく、瞼に自分の指を当てた。すると、その瞬間、彼女の口許から、彼の名が発せられた。

「宮下くん」

ぎょっとした夢生は、抱えていた先生の腕と脚を放し、後ろに引っくり返った。死人が生き返ったように錯覚したのだ。

「もう、お帰りなさい」

そう言う先生の瞳には、見る間に涙が満ちて来て、やがて目尻から流れ始めた。彼女は、表情を変えることなく、声も立てずに泣き続けた。畳に出来た水溜りが、どんどん大きくなって行く。

「もう、お帰りなさい」

先生は、もう一度、言った。夢生は、どうすべきなのか解らず、困惑して漱太郎を見た。しかし、彼は、視線を返すこともなく、没頭していた。頬は、わずかに紅潮していて、こめかみに、ひと筋の汗が伝っていた。眉間が皺を刻む寸前のように動いた。それを認めて、今、帰ることなど出来ない、と思った。見届けずにはいられない。最後まで。

夢生は、先生に関心を払うのを止《や》めた。無抵抗な女が漱太郎の行く手を遮ることはない。自分は、ただ、見守る。善悪なんて、もう知らない。目を釘付けにする、この男だけに価値がある。女とやっているくせに、ぼくを恍惚の空気にいざなうこの男。超然とした様が、今、綻《ほころ》びようとしている。女という道具を使って、それを披露してくれようとしている。だって、ほら。あの半開きになった口。そこから滲み出た唾液が唇を濡らし、いつもの品のある口許に、下卑た化粧を施している。

漱太郎のこの顔を見る男は自分ただひとり。そう改めて思うことが、夢生を歓喜で包んだ。長い間、目で追い続けながらも、魅惑の一歩手前で退屈の烙印を押したあの男が、今、正体を現して、自分の身も心も奪っている。触れられている訳でもないのに、体の力が抜けて来る。こんなことが出来る男だとは、あの頃、思ってもみなかった。こんなにも自分を疼かせる男だとは。

何度か自身をじらすかのように、体の動きを止めた後、漱太郎は、ついに射精した。彼の顔が歪んで、眉根に深い皺が刻まれる瞬間を、夢生は、もちろん見逃がさなかった。快楽の塊が、その性器を通り抜ける、わずかな時間にさらけ出された無防備なさまを記憶に焼き付けておこうと、彼は目を凝らした。きっと、もう二度と与えられない機会なのだ。大切に反芻するために、しっかりと覚えておかなくてはならない。

漱太郎は、少しの間、うなだれるようにして呼吸を整えていた。そして、額に浮いていた数滴の汗を指で拭うと、顔を上げて夢生を見た。笑っていた。唇は、まだ濡れていたが、そこから覗く白い歯が、それまでの卑しさを消していた。先生から体を離しながら、視線を落として、彼は吹き出す。

「おまえ、立ってるじゃん。悪いな、こっち、勝手にすませて」

夢生は、ばつの悪い思いで、自分の股間を両手で隠した。

「これから、やる？　それとも、おれの後じゃ嫌か」

「ぼくは、いいんだ」

漱太郎は、無理強いしようとはしなかった。ふうん、と肩をすくめて立ち上がり、脱ぎ捨てられた衣服を拾い始めた。夢生は、自分の側に落ちているソックスに気付いて、おずおずと、それらを差し出した。

「あ、サンキュ！」

屈託のない調子で礼を言うと、漱太郎は、裸のまま、しゃがみ込んでソックスを履いた。

「裸なのに靴下を脱ぎ忘れてやる男って、女からは、すごく間抜けに見えるんだってよ。今のおれ、そんな感じじゃない？」

可愛いよ。そう言いたかったが、夢生は、こらえた。ソックスから続くふくらはぎに、筋肉が作る線が通っていた。漱太郎の体には、そういう筋がいくつかあって、骨格に華を添えていた。それらが弓道の稽古によって作られたものだと思うと、夢生の胸は高鳴った。凛凛《りり》しさの証明だ、と感じたのだ。それなのに、股間で濡れたままになっているものは、あんなにも弱々しく、いたいけだ。

帰り支度のすんだ漱太郎は、一緒に出ようと夢生を促した。横たわったままの先生をどうするのだろうと見ていると、漱太郎は、こう言葉をかけた。

「村山先生、今日は、どうもありがとうございました。次回、また、よろしくお願いします」

そして、信じられないことに、弓道の稽古場でするような極めて礼儀正しい調子で、深々と御辞儀をしたのである。なんて奴だ、と呆気に取られていた夢生だったが、背中を押されるままに、まだ涙を流し続けている先生を置き去りにして外に出た。途端に突風に見舞われ、開いたばかりの二人の傘が裏返る。

「これじゃあ、濡れて行くしかないなー。傘、捨ててっちゃおうよ」

漱太郎は、そう言って夢生の傘を奪い、自分のそれと一緒に放り投げた。二人は、嵐の中を最寄り駅めざして歩き続ける。その間じゅう、漱太郎は、うひゃーとか、ひでーなどと無邪気な叫び声を上げて、なかば、はしゃいでいる。まるで、台風到来に興奮する子供みたいだ。この男は、本当に、女を犯したばかりなのか。

あ、そう言えば、とふと気付いたように、漱太郎が夢生を見た。目で問い返すと、こう尋ねる。

「宮下って、下の名前なんていうの？」

「……夢生」

「え？　可愛い名前だなー。どういう字、書くの？」

「……夢を生む……だけど」

へえっ、そうなんだ、と興味深気に言った後、漱太郎は続けた。

「じゃ、おれ、これからユメって呼ぶよ。誰か他にそう呼んでる人いる？」

「ケイが、あ、藤崎さんがそう呼んでるけど」

「あの子かー、苦手だなあ、ああいうタイプ。でも、ま、いいか。おまえの親友なんだろ？」

「うん」

「で、言う？」

問いかけの意味を計りかねて困惑していると、漱太郎が顔を覗き込んだ。

「その親友にさ、今日のこと」

夢生は、慌てて首を横に振った。言わない。言える訳がない。

「そうだよなあ」漱太郎は苦笑した。

「ユメ、おまえも共犯だもんなあ」

そう言うと、漱太郎は、夢生の腰のあたりをぽんぽんと叩き、笑みを消した鋭い一瞥を与えて、ひとり走り出した。残された夢生は呆然としたまま、豪雨の中、小さくなって行く彼をただ目で追うしかなかった。やがて、視界から、その姿が消えた時、ようやく我に返った彼は、自分の学生ズボンのポケットが、やけに重いのに気が付いた。手を入れて探ってみると、あの場に踏み込むきっかけとなった花鋏があった。共犯者の重みとしては、あまりにも軽かったが。

　その日以来、平穏だった夢生の学校生活は一変した。何をしていても、漱太郎の面影がちらついて、心がざわついてしまうのである。彼のクラスの前を歩かざるを得ない時は、挙動不審にならないよう細心の注意を払わなくてはならなかった。心臓が痛いほど収縮するのが解るのである。もし、ここで彼が教室から出て来たら、と想像すると駆け出したいような気持になる。そのくせ、そんな気配すらないと、開いている入口を素早く覗いて、彼の姿を捜してしまうのである。

　だいたい、漱太郎は、静かな様子で次の授業の準備をしているか、男女問わずクラスメイトと談笑しているかで、夢生に目を向けることもない。しかし、たまに何かの拍子に気付く場合もあり、そういう時には、にこやかに片手を上げて見せる。その様子は、いかにも自然で、周囲は何の関心も払わない。夢生も、ぎこちないながらも同じように片手を上げて会釈する。そして、右足と右手、左足と左手が同時に前に出てしまわないよう意識しながら、その場を立ち去る。当然、誰の目にも奇異には映らない。けれども、彼の後ろ髪は強く引かれ過ぎていて、もう少しでのけぞってしまいそうになっているのだ。

　夢生の心の中を占めているのは、あの茶室での漱太郎の体のパーツ、そして、それらが創り出して完結させた世界の隅々の記憶だった。それらをひとつひとつ思い出しては飴玉のようにしゃぶり、味わった。あの汗、吐息、声、表情、そして、濡れた性器。この上もなく美しくデッサンされたような筋肉の線。くっきりと浮き上がるたびに部屋の空気は揺れていた。あそこで蠢《うごめ》いていた、すべてのものが忘れられない。それらを、いったん解体して、再び組み立て直し、自分の好きなように空想の中で動かし、何度も何度も勃起して、そして射精した。相手の女が、ただのものであったのが良かった。

このように、うつつを抜かしていた夢生だったが、圭子に会う時は、さすがに現実に戻った。漱太郎に対する性的な妄想に身をまかせている時には、すっかり消え失せている罪悪感が、ただちに頭をもたげて来るのだった。自分が、ものではなく、ひとりの人間を汚すことに加担したという事実を否応なしに突き付けられるのである。もし、あれが村山先生ではなく圭子だったらとは、恐しさのあまり想像すら出来ない。

村山先生は、あの時、人間じゃなかったんだ。夢生は、そう思い込もうとする。すると、再び、あの焦がれる男に寄り添いながら、架空の旅が出来る。

「ねえ、ユメ、あんた、私に最近、隠してることなあい?」

心ここにあらずといった夢生の態度を見咎めて、圭子が問いただそうとしたことがあった。

「べ、別にないよ」

口ごもる夢生を許そうとせずに、圭子が詰め寄る。

「心配事とかあるんなら、ちゃんと話してよ。最近のユメ、すごく変なんだもん。私って、あんたの相談にも乗れない奴だったっけか？」

圭子の親身な態度から目をそらさずにはいられなかった。心から自分を思いやってくれているのが解る、その真摯な瞳。ぼくの親友。そして、その親友は、女なんだ。妄想の世界が、たちまち砕け散って、夢生は何だか泣けて来る。その彼の背中を優しく撫でながら、彼女は、もう一度、打ち明けてくれるよう促す。

「ね、話して」

「ただ……」

「ただ？」

「好きな人が出来ただけだよ」

嘘を言った訳じゃない。本当のことを告げなかっただけだ。

圭子は、気が抜けたかのように、大きな溜息をついた。

「どういう人？」

「ケイには関係のない人だよ」

「そんなこと言わないでよ。好きな人が出来たなんてハッピーなことじゃん。それなのに、どうして、あんまり楽しそうじゃないの？」

「片思いなんだよ。その人、ノンケ（異性愛者）だから」

「そう……」圭子は、夢生の肩を抱き、自分の許に引き寄せた。

「それは、つらいね」

こうして、夢生は、親友の口を封じた。圭子が、その片思いのいきさつを知るのは、ずい分と先の話になる。

「ねえ、夏休み、ユメはどうしてるの？」

気落ちしているように見える夢生を元気付けるためか、圭子は、明るい声で話題を変えた。

「え？　まだ決めてないけど？」

圭子は、千葉の鴨川《かもがわ》にある親戚の営む民宿でアルバイトをすると言う。

「ねえ、ユメ、良かったら遊びに来ない？　なんだったら誰か連れて来たっていいし。あ、いっそのこと、その片思いの彼氏、だまくらかして同行させちゃえば？」

「よーし、トライしちゃおっかなー。なあんて、無理無理。ぼく、襲わないでいる自信ないしー」

冗談めかした圭子の提案に、夢生は必死にふざけたふうを装って返したが、本当は、それどころではないのだった。夏休みが始まるということは、当分、漱太郎の姿を見られなくなるのを意味している。あの嵐の日以来、学校にさえ行けば確実にどこかで彼に会えるという思いは、既に生き甲斐になっていた。記憶の中の彼を、いつも生身の体を見ることで確認したかった。そうすれば、茶室の残像が新鮮味をおびて甦る。

「夏休みなんか嫌いだ」

夢生は小さく呟いたが、浮かれ始めた圭子の耳には届かず、サーファーと出会って、ひと夏の経験をすませるつもりだ、などと呑気なことを言っている。

期末試験も終わり、校内は解放感に満ちていた。誰もが圭子のように夏休みの計画について話していて、期待と興奮をみなぎらせていたが、夢生の焦燥感は増す一方だった。空いた時間が少しでもあれば漱太郎の姿を追いかけていた。馬鹿げているのを承知で、今の内に見溜めしておかなくては、とやっきになっていたのだった。そして、その結果、彼は、漱太郎が用を足しに行く時刻まで熟知することとなった。

その日も、夢生は、渡り廊下を通って男子便所に向かう漱太郎の姿を確認した。少し待てば、今度は、そこから出て来る彼を見ることが出来る。そして、そうなった。ハンカチで手を拭きながら出て来る彼を見送りながら、ボタンダウンのシャツの白さに目を細めていた。彼の後ろ姿が見えなくなってしまうと、残念さと同時に尿意を感じて、自分も用を足すべく渡り廊下を急いだ。

　授業が始まる寸前の男子便所には誰もいなかった。夢生は、先程の漱太郎のせいで膨みかけてしまった自分の股間をなだめながら、放尿した。そして、それが終わり、ボタンを押して振り返った瞬間、息が止まった。両ポケットに手を入れた漱太郎が立っていた。

「取りあえず、手ぇ、洗えよ」

　驚きの余り立ち尽くしたままの夢生のすねを漱太郎が蹴った。

「早く」

　夢生は、震えながら洗面台の蛇口をひねり、手を洗った。顔を上げて鏡を見ると、自分の顔の後ろに、敵意に満ちた漱太郎の顔があった。

「おまえ、なんだって、おれのこと追跡してんの？　あのことネタにして脅迫でもするつもり？」

　言葉を失ったままの夢生の頭を洗面台に押し付け、漱太郎は、蛇口を全開にした。

「もしかして、あの場にいたから優位に立ったつもりになってる？」

　夢生は、口や鼻から流れ込む大量の水にむせながら、死に物狂いで首を横に振った。

「じゃあ、なんなんだよ。言っておくけど、おまえ、単なる目撃者じゃないから。れっきとした共犯者だから」

今度は、首を縦に振った。すると、漱太郎は、水を止め、夢生の耳をつかんで上を向かせた。

「ずっと、おれのこと監視してたんでしょ？　普通、なんの理由もなく、そういうことやんないでしょ？　ほら、さっさと答えろよ」

夢生は、いつのまにか、しゃくり上げていた。涙も噴き出て来た。

「おれ、次の授業、具合が悪くて保健室に行くのね。おまえもそうだよね」

夢生は、泣きながら頷いた。

「理由、言うまで、こっから出らんないから。何？　ゆすり？　おまえみたいな奴に、そういう図々しいこと出来る訳？」

と、その時、二、三人の生徒が駆け込んで来る気配がした。漱太郎は、忌々《いまいま》し気に舌打ちをして、夢生の首をつかんで個室に引っ張り込んだ。そして、唇に人差し指を当てて、声を出さぬよう無言で命じる。外では、授業を抜け出すことを、まるで冒険のように感じているらしい無邪気な連中が、連れ立って小便をし始めた。

「もうさー、期末も終わったし、いいんじゃねえ？」

「受験に関係ない課目だしねー」

「って言うか、自習じゃん。外で学ぼうよ、外で」

「どこ行くー？」

平和な高校生活を享受する、のどかな会話を聞きながら、個室の中の二人は息を潜めたままだ。いつ、くだらないやり取りを止《や》めて出て行くのかと、漱太郎は、ドアに身を寄せて聞き耳を立てている。

夢生は、水をしたたらせながらも、そんな漱太郎の横顔に見入っている。呼吸は、もう落ち着いている。今、彼に押し寄せているのは、何とも言いがたいもの哀しさだ。不思議なことに、そこに誤解された故のつらさはない。ままならない思いに対する憐憫の気持が、濡れた頬に、新たな塩気を加えている。

飛び散った水道の水は、漱太郎の髪の毛や顔も濡らしていた。いつもは掻き上げている前髪が、湿った小さな束を作り、たれている。切れ長の瞳を囲む長い睫毛には細かな水滴が載ったままだ。それらが、まばたきのたびにつぶれて、下瞼のふくらみに滲む。口許が、への字に結ばれているので、まるで、べそをかいている駄々っ子のようだ。

夢生は、我知らず、下に降した自分の両手を握り締めていた。今にも動き出しそうなそれらを条件反射が抑え込んだのだ。それなのに、漱太郎がその箍《たが》を外した。びしょ濡れの夢生を見やると、不貞腐《ふてくさ》れたような仕草で、自分のポケットから出したハンカチを彼に押し付けたのである。

夢生の鼻先に漱太郎の指にはさまれた麻布があった。それは、白地に紺色の糸でイニシァルの刺繍が施されたものだった。S・S。母親によってかけられた手間が、こんなところにも行き届いている。そういう慈しみを惜し気もなく与えられて来た奴なんだ。そして、それが当り前だと思っている。ないものねだりをしたことがない人間。強烈な羨望を感じた。彼を形造って来た土台は、その傲岸さまで優雅でくるんでいる。だって、ほら、こんなに整えられた爪。つやつやと輝いている。女の皮膚に食い込み、グロテスクな痕跡すら残していたのに。

少しの力を入れただけで、手首から肘にかけて線が走る。まるで、筋肉を彫刻刀で浮き彫りにしたようだ。そして、その刃先は、丸ではなく三角。漱太郎の体は、あちこちで、鋭利に刻まれた線が、骨と筋肉を分けている。

夢生がハンカチを受け取ろうとしないので、漱太郎は、肩をすくめて自分の濡れた箇所にそれを当てた。髪や顔に続き、その手を首筋に移動させながら、彼は、顎を上げた。その瞬間、その繊細な輪郭に似つかわしくない大きな喉仏が上下した。そこだけが卑しく自分を主張しているように見える。なんて野卑なんだ。夢生は思った。でも、自分を惹き付けて止まないのは、まさに、突如として姿を現す、この野卑な部分ではなかったか。

もう、どうしようもなかった。夢生は、漱太郎のハンカチを持つ方の手をつかみ、力まかせに引っ張った。そして、不意打ちによろけた彼の頬を両手ではさんで口付けた。さらに、何が起ったのか解らないままでいる彼の唇を貪《むさぼ》った。舌を吸い上げて引き摺り出し、自分のそれで、ねぶり回した。

もちろん、正気付いた漱太郎は抵抗した。しかし、外で、のんびりと話し込んでいる生徒たちに気付かれるのを恐れたのか、物音を立てないように抗っていたので、力を込めることは出来なかった。それを良いことに、夢生は、彼の体をドアに押し付け、片手で両手首を固定し、もう片方で顎をつかんだまま、口の中を味わい尽くそうとしていた。歯磨き粉の香りがした。学校でも、歯を磨くのだ、この男は。ジェントルマン。

ようやく夢生が唇を離したのと、外の生徒たちが出て行ったのは、ほぼ同時だった。漱太郎は、ドアに寄り掛ったまま、呆然としていた。夢生は、そんな彼を一瞥し、ドアを開けて、その窮屈な場所から解放してやった。

謝る気はなかった。今さら、ひれ伏して告白する気もなかった。ただ、終わったのだ、と思った。この先も、妄想の中で漱太郎をいいようにすることはあるだろう。けれども、それは、もう前とは違う。焦がれる思いとは切り離された、ただのファンタジーだ。あらかじめ手に入らないという諦め故に楽になった、慰撫の楽しみ。まさに、自慰行為だ。そのようにして残すだけで良い。これまでだって、叶わない思いを同じようになだめて、自分を諭して来たじゃないか。

たぶん、漱太郎は、自分を立ち上がれないくらいに殴りつけるのだろう、と夢生は予想した。けれど、身構える気はなかった。どうせ、終わりだ。もう口を利く機会もない。そう開き直って、漱太郎を見据えた。

ところが、漱太郎は、怒りも軽蔑も、その顔に浮かべていなかった。落ち着きを取り戻して、そこに立っていた。そして、夢生の真剣な目つきをはぐらかすかのように、にやりと笑って言った。

「そういうことか」

意外な反応に不意を食った夢生がどぎまぎしていると、漱太郎は、彼に歩み寄った。そして、個室の中で自分がされたように、彼の頬を両手ではさむと、今度は、自分から、その唇をこじ開けて舌を入れた。

夢生は、すっかり混乱していた。いったい、漱太郎は何をしているのだ。自分から仕掛けたのを棚に上げて、彼は、そう思った。お返しのつもりか？　まさか。そんな男じゃない筈だ。

漱太郎は、続けた。夢生の思惑など知ったことではないと言わんばかりに、激しく舌を動かした。それは、あたかも、彼が夢生と同じ欲望を抱いていたと証明するかのようだった。

信じられない。最初、動転のあまりに硬直していた夢生の体が溶け始めた。夢じゃないのか、と疑いながらも、自分の歯茎の隅々にまで漱太郎の舌先の行き渡る実感がある。唾液は、絶えることなく流れ込んで、喉の奥に注ぎ込まれる。

幸福が、今、生まれた。その酔い心地に気が遠くなりかけた夢生だったが、相手に応えて自分も舌を動かそうとした、まさに、その時、強烈な痛みが走るのを感じた。彼は、吠えるような叫び声を上げて、タイルの床にうずくまった。そこにしたたり落ちる血が自分の口から流れ出たものであるのを認めて、漱太郎に舌を噛まれたのが解った。

手の甲で口許の血を拭いながら見上げると、勝ち誇った様子の漱太郎がいた。

「馬鹿が」

そう吐き捨てるように言って、男子便所を出て行くべく足を踏み出した漱太郎だったが、ふと立ち止まって振り返った。そして、いかにも酷薄な唇のはしを上げて、嬉し気に付け加えた。

「これで、おまえ、おれの奴隷だな。な？　ユ、メ？」

こうして夢生は、彼の告解の奴隷となった。

きみの食指を動かす女の種類というものが、ぼくには、今ひとつ理解が出来ない。若い女もいれば、相当な年増もいる。では、節操がないのかと言えば、そんなこともないようだ。尋ねると、美しければ年齢《とし》など関係ない、と答える。そうだろうか、とぼくは首を傾げる。ぼくの知る限り、その中には、世の中の美の規範からは大きく外れている者も少なからず、いる。そう伝えると、きみは笑う。おれの目を通して見えるものは、その辺の奴らのとは違うんだ。ほら、抽象画を描く画家が時計を見ると、ぐにゃりと曲がって視界に映るようにね。反対に言えば、ぐにゃりと曲げられない時計に、おれは興味なんてない。ぼくは、ダリの絵を思い浮かべる。画布に固定された、天才によって歪められた時間。あれも、また、そそられた故の産物なのか。

もう二十年近くも前のことなのに、ぼくは、初めてきみの欲望を目のあたりにした嵐の日を、今も、はっきりと思い出すことが出来る。あれから、すべてが始まったのだ。そのきっかけを作ってくれた(いや、くれたという表現は正しくない。しかし、ぼくは、あの気の毒な人に感謝すらしているのだ)村山先生は、あれからどうしたのか。彼女は、あのことがあってからも、あおざめた顔で学校に来ていた。何度か見かけた。ぼくを認めても虚ろな視線を向けるだけで、まるで知らない生徒とすれ違うような態度だった。そのたびに、ぼくは、居心地の悪い思いをしていたが、やがて、その必要もなくなった。夏休みが終わり、新学期が始まった時、彼女の姿は、もうなかった。一身上の都合で退職したということだった。

村山先生の話を持ち出すと、きみは、しばしの間、自分の記憶を探って、ああ、と溜息をつく。ああ、あの先生か。愚かな人だったな、可哀相に、と。そして、でも、と続けてきみは言う。自業自得だから仕方がないよ。

先生は、担任していた女生徒の相談に乗っていたのだった。弓道部のマネージャーをしていたその子は妊娠していた。様子のおかしさに問いただすと、すべてを打ち明けて、言った。相手がきみであると。しかも、それは、合意に基づいた訳ではない、不本意な形での性交渉だったと。つまりは、強姦。

誰も信じてくれる訳がない。だから言えない。あんな誰もが憧れる人が、わざわざそんなことをする必要なんてないと思うに決まっている。実際に、自分だって、彼とつき合うのを夢見て弓道部に入ったのだから。そう泣きながら訴えたのだそうだ。

「女って、ほんと解んないよな。好きだ好きだっていう露骨な目を向けて来るくせに、いざ応えてやろうとすると泣きわめく」

きみの「応える」というのは、無理強いするのと同義である。でも、「応える」に段階を踏む前提を必要とする女は大勢いる。坂井漱太郎に対して、そんなことを求めるなんて。ぼくは、女たちの身のほど知らずな考えに、時々、腹立たしさを覚える。けれど、ぼくは、きみが、あらがうと予見しない限り、その女に指一本触れないのも知っている。自分から率先して足を開く淫売などきみにはお呼びじゃないのだ。

村山先生は、公平を期するために、きみにも、何度か呼び出して事情を聞いた。事の次第が明らかになるに従って、彼女は不届者の生徒を厳しい口調で糾弾するようになった。きみは、その場で神妙に頷くばかりだった。しかし、本当は、どうでも良かったのだ。彼女の、男を敵対視したような物言いに、きみは、ひたすら欲望を煽られていたのである。

「余計なことに口を出したから、ああいう目に遭っちゃったんだね」

きみは、他人事のように言う。

「正確な回数は覚えてないけど、夏休みにも何回かやった。怯えているのが、すごく綺麗に見えたんだよ。でも、その内、待ってたのかなって思うことが続いて、いやんなっちゃったんだ」

「怯えてるのが、綺麗なの？」

「そう。本当に身動き出来なくなっちゃうんだね。ほら、ユメも見てただろ？　あの嵐の日の茶室で、あの人は完璧に拘束されてた。おれ、逃がれたくても、逃がれられない女を見るのが、ほんと、好き」

そして、ぼくは、そういう女に君臨するきみが、ほんと、好き。心のどこかを確実に痛めつけながらも、ぼくは、うっとりときみを見詰める。女の尊厳？　そんなもの関係ない。ぼくは、人間としての女には敬意を払うけれども、女としての女になんか、何の共感もない。それどころか、きみをその気にさせる女に至っては殺意さえ覚えるのだ。

もちろん、ぼくだって、時には、きみの趣味を行き過ぎだと思う。よくこれまで訴えられたりしなかったものだ。でも、深い傷を負った女たちは、憎しみの中でこうも感じている。そんなことをしたら、何か、もっと恐しい事態に襲われるに違いない。震えて身を潜めるしかなくなった憐れな女たち。きみの優雅な仮面の下にあるものを、真底、恐がっている。

「ねえ、どうして、無理矢理やるのが、そんなにいいの？」

ぼくの問いに、子供のような無邪気な顔をして、きみは白状する。

「おれ、昔から、鍵穴とかこじ開けるの、大好きだったんだ」

きみの愛する悪戯《いたずら》は、まさに、あの絵のように、多くの女たちの時間を歪めてシュールな世界を創り上げ、ぼくの心に展示される。

あの女生徒がどうなったか？　そんなの、知らない。


お代わりは？　と尋ねると、これから出張だからと断って、シゲは、スツールから降りて上着を羽織った。夢生は、ちょっと、と言って、人差し指を動かし彼の上半身をこちらに傾けさせ、カウンター越しに中途半端に立った衿を直してやる。

「さ、完璧。行ってらっしゃい」

シゲは、微笑を浮かべて頷き、店を出るべく扉を押した。ちょうど入れ違いに店に入って来た女客二人が、彼の端正な顔に同時に見とれた後、めくばせを送り合った。圭子が、すかさずにこやかに近寄り、彼女たちをテーブル席に案内する。

「ふん、せいぜい稼ぐといいわ。あの、オサイフ専め！」

そう毒づくのは、シゲに置いて行かれた格好になったジュリ子である。最初はロミオを待つジュリエットと自称していた彼だが、今ではジュリ子が通名として定着している。

「シゲ子って、どんどんいい気になって来てると思わない？　高飛車にも程がある！」

「あの子は一番最初から変らないよ。誰にも媚びないし、物欲しそうにもしない。だから、かえって、金持が寄って来るんじゃない？」

「欲しがれば欲しがるほど逃げて行くものが、この世にはあり過ぎるわ！」

「あのさあ……ここで、くだ巻いてないで、二丁目に戻ったら？　新宿方面で待機してた方がいいと思うんだけど」

「あたしの客は港区には存在してないって言いたいのね！　ふん、言われなくても帰るわよ。こんな六本木の外れの僻地で油売ってる場合じゃないんだから」

捨て台詞を吐いたジュリ子が出て行くのを見て、圭子が吹き出した。

「なんなの？　オサイフ専って」

「さあ？　金持好きのことらしいよ」

シゲもジュリ子も、男相手に体を売って生計を立てているウリ専ボーイと呼ばれる人々だ。新宿二丁目の店に籍を置きながら、ほとんどの仕事は出張営業だ。客は、彼らをインターネットのサイトで選んで店に連絡して来る。そして、マネージャーが彼らの仲介役となるのだ。場所は、店で借りている個室の場合もあれば、客がホテルを取ることもある。

シゲの場合は後者がほとんどだ。客が店に伝えたルームナンバーをマネージャーがホテル側に偽名で確認して、ようやくシゲの出番が来る。先程、出て行ったのは、手続きが完了したというメールを受け取ったからだった。行き先は、今夜も高級ホテル。しかも、朝までのステイ予約だ。経費の差し引かれる店の寮で毎晩寝ているジュリ子がやっかむのも無理はない。

「シゲちゃんはもちろんだけど、ジュリ子だっていい線行ってるのに、女が駄目だなんて、ほんとに上手く行かないもんねえ」

「まだそんなこと言ってるの？」

圭子のぼやくような言葉に、夢生は呆れて笑う。

「だってさあ、ユメにようやく慣れたかと思えば、次から次から……」

「ようやくって……最初から慣れてたじゃん」

「慣らされたの！　ユメは、会った時から大事な友達だって解ったし、何も隠そうとしないで全開だったから、もう慣れるしかないやって感じで……ユメのひとりや二人、どーんと受け止めてやる！　なんて思ってたんだけど、まさか、世の中に、こんなにゲイが存在しているとは、しかも、うちの店に出入りするようになるとはねー。まあ、綺麗どこばっかだから、店の中が華やいでいいんだけどさ……シゲちゃんなんか、ジュリ子みたいにおねえ言葉使わないから、勘違いして、お目当てみたいに通って来る女性のお客さんが増えて来て……まさか、あなたのようなおばさんではなく、むしろ、おじさんの方がとは言えないし……」

　延々と続く圭子のぼやきを聞き流しながら、夢生は、シゲのことを思った。彼が、男だけを対象にしている訳ではないのに感付いているのは自分だけかもしれない。いつも、おこぼれに与《あずか》るのを期待して身内然としているジュリ子にも知られていないようだ。実に上手く隠している。男も女も好きだ、ということをではない。彼は、男も女も別に好きではないのだ。だから、あの種の仕事で売れっ子になれる。彼は、夢生の知る、数少ないプロフェッショナルのひとりだ。

　シゲは女も抱けるよ、と圭子に言って驚かせたい気もする。けれど、夢生は、決して言わない。誰にでも言いたくないことはある。そして、それを暴いたからと言って、愉快に発展するものは何もない。少なくとも、あの世界ではそうだ。それが解るのは、夢生自身もそこにいたことがあるからだ。

　夢生や圭子が通っていた都立高校は、有数の進学校のひとつであったが、彼は、大学に行くのを最初から諦めていた。アルコール依存症が進んで、まともな社会生活を送ることが困難になっていた継父に収入はなかったし、母の再婚後に生まれた弟二人は、まだ幼なかった。母は工務店で長いこと働いていて、どうにか生計は成り立っていたが、彼を大学に行かせる余裕まではなかった。周囲が受験で緊張しているのを横目で見ながら、御苦労なことだ、と無理に呟いて羨望を抑えた。どうせ、大学で学びたいことなど何もない。そう強がってはみたものの、自分の家庭環境に対する忸怩《じくじ》たる思いは消えなかった。彼は、本当は、行きたかったのだ。許されるならば、うんと勉強して、漱太郎と同じ大学は無理だとしても、学生という立場を共有して、あれこれ語り合ってみたかった。

圭子は、夢生の親に直談判すると一度は息巻いたが、実際に彼の家庭を垣間見て、到底無理だと悟ったようだった。たとえ、大学に行く資金を捻出したとしても、それは、夢生のためでなく、弟たちに充てられるべきだと、とうの親たちが言ったのだ。夢生は、大学生の一員になれるどころか、家族の一員にすらなれていなかった。新しく形作られたその家族の中で、彼に与えられた呼び名は、女の腐ったの、であった。父親を真似して、弟たちも、そう囃《はや》し立てた。母親は、彼らをたしなめることもなく、時折、恨みがましい視線を長男に送るばかりであった。それを受け止めるたびに、夢生は、母の声にならない声を聞く。あんたは、私を助けようともしなかった。だから、私も助けない。

受験勉強の合間を縫って、圭子は夢生の話し相手となるべく時間を作った。二人は、回数は減ったものの、これまで通り、いつもの珈琲店のスタンドで会い続けた。しかし、相談に乗りたいと親身になる圭子に感謝しつつも、夢生は疎ましいと思う気持を抑えることが出来なかった。誰にでも身の丈に合った居場所というのがあるものだと彼はとうに知っていた。自分は、大学に行けないからといって嘆くようなたまじゃない。

「ぼく、働いて一刻も早く、あの家から出たいんだよ。今の目標はそれだけ」

「そんなの嘘だよ。ユメが大学に行きたがってるの、私、知ってるもん。成績だって悪くないのにさ。まだ遅くないよ。奨学金っていう手だってあるし、一年バイトして、うんとお金貯めて、それから勉強したって……」

「あのさあ……」夢生は呆れたように肩をすくめた。

「どうして、うちの高校の奴らって、とりあえず大学行かなきゃ何も始まらないって思ってるの？　世の中、大学出の人間だけで構成されてる訳じゃないんだよ？」

「何よ、その言い方！　うちの高校の奴らと私を一緒くたにしてもらいたくないよ。ただユメには、この学校を出たことを有効に活用して欲しいだけだよ」

「そう思ってくれてるのは、ほんと、嬉しいよ。でも、はっきり言って余計なお世話。ぼくの進路についてより、自分の受験の心配をした方がいいと思う」

「余計なお世話だって!?　余計なお世話だって!?」

毎回、同じような会話がくり返され、途中で、じれた圭子が涙を拭う。その日もそうだった。コーヒー豆を挽く騒がしい音に紛れて、彼女は啜り泣いていた。そして、夢生は持て余した様子で頬杖をついている。すると、そんな彼の肩を叩く者があり、見ると、漱太郎だった。

「隣、座っていい？」

驚いている夢生の返事を待たずに、漱太郎は腰を降した。圭子は慌てて顔を両手で覆い、指の間から彼を見ている。途端に、ぎこちない態度になった二人にかまうことなく、漱太郎は、あたりを見回した。

「前にも何度か、きみたちがここに入って行くのを目撃してたんだよね。あと、放課後、教室でも時々二人で話し込んでるでしょ？　仲いいよね、もしかして出来てたりして」

そう言って屈託なく笑う漱太郎を、夢生は訝し気に見た。何を企んでいるんだ、この人は。

「……きみたちだって……目撃だって……坂井くん、すごくわざとらしいんですけど、何か用？」

泣いていた素振りなど、まったく見せずに圭子が尋ねた。邪魔だと言わんばかりの口調だ。

「用ってほどじゃないけど、おれも仲間に入れて欲しいと思って」

「別に、私たちのとこに来なくたって、坂井くん、友達、いっぱいいるでしょ？」

「いっぱいいると同時に、全然いない」

「何、それ」

「おれも、藤崎さんのこと、ケイって呼んでいい？」

うえっと吐く真似をする圭子を見て、漱太郎は、大笑いして立ち上がった。そして、ポケットから名刺のようなものを出して、夢生の目の前に投げてよこした。

「それ、おれの従姉の男友達の連絡先。華道家だって。主に、レストランのディスプレイとか、催し物関係の仕事してるみたい。連絡取ってみたら？　おまえ、花、好きだろ？」

名刺を手に取ることもせずに夢生が言葉を失ったままでいると、漱太郎は、彼の肩に手を置き、圭子に聞こえないよう耳許に顔を近付け、囁くように言った。

「な？　ユメ？」

立ち去る漱太郎と夢生を交互に見ながら、圭子は呆気に取られていた。

「何なの？　どうなってる訳？」

夢生は、それには答えないで、ただカウンターに残された紙片を凝視した。そして、頬が熱くなるのを感じながら思う。自分は監視されている！

「ユメ、坂井といつのまに親しくなったの？」

「親しくなんかないよ」

「そう？　でも……」

言いかけて、圭子は口をつぐんだ。夢生が目頭をつまんで泣くのをこらえようとしたからだ。彼女は、何かを察したかのように、労《いたわ》りに満ちた仕草で彼の肩に触れた。反対側の肩には、まだ漱太郎の手の熱が残っている。そして、今、触れられている部分には、新たに圭子のぬくもりが加えられた。両肩に、種類の違う幸福の重みが載せられている。そのことを意識した瞬間、彼は、とうとう泣き出した。

「あの時、私の中にあったいくつもの謎が、いっきに解けたのよね」

今では、すっかり、バーの女主人としての貫禄を身に付けた圭子が、懐しむように言う。

「それ、遠い目？　まだ早いんじゃないの？」

夢生がからかうと、圭子は肩をすくめる。

「遠い目にもなるって。もうふた昔も前のことだもん。でも、ユメとこうやって、いまだに仲良く出来てるのも、あの時の坂井くんのおかげかもしれないね」

「そんなにいい奴じゃないよ」

「知ってる」

圭子は、低い声で笑った。

「もう十時過ぎか。坂井くん、そろそろ来る頃じゃない？」

漱太郎は、都内の大学を卒業後、大手銀行に入り、いくつかの支店勤務を経た後、今は本部の融資推進室に籍を置いている。その間、親の勧めに従って見合い結婚をし、二人の子供に恵まれた。世に言うところの順風満帆というやつだ。本当にその通りだ、と社会人になって、ますます紳士然として来た彼を見るたびに、夢生も思う。本当に幸せな人間。真の順風満帆。漱太郎は、表の自分も裏の自分も、見事に両立させている。まるで、第三の彼がいて、上手い具合に調和させているかのようだ。

夢生が圭子に店を手伝ってくれるよう頼まれ、それを承諾したのを機に、漱太郎も顔を出すようになった。今では、常連客のひとりとなり、他の客にも心待ちにされる存在である。最初は、仕方なくという調子で彼を受け入れていた圭子だったが、やがて上客だと認めざるを得なくなった。あいつが来ると、店の客の品が突然良くなるのよ、と彼女は言い訳めいた口調で言ったが、本心は満更でもないのが明らかだった。

実際、漱太郎が店に入って来て、バーカウンターのスツールに腰を降ろすと、酔客たちの声音が変わった。それまでの下世話な調子が、いったん堰き止められ、ややあって穏やかな語らいに変わり、流れ出すのである。そして、ある者は、おもむろに立ち上がり、挨拶をするべく彼の許に向かう。そういう人々に対して、彼は、あくまでも気さくに振舞う。そこにはエリート臭などこれっぽっちもなく、声をかけた人を、いっきにくつろがせる。しかし、一杯おごらせて欲しいなどという申し出は、やんわりと、しかし、きっぱりと断わる。その断わり方には礼儀正しさがこもっていて、人との距離を取るための洗練を感じさせるので、誰も嫌な気分にはならない。さすがだな、と思いながら、人々は席に戻る。実は、彼が、利益供与を受けたと疑われたらことだからな、などと冗談めかして言ったのを知るのは夢生だけだ。もっとも、圭子も、そんな漱太郎の態度に胡散臭いものを感じ取っているようだが、高校時代の時のように目で合図するようなことはない。

圭子から、飯倉《いいぐら》近くにある祖父の店を譲り受けようと思うと相談されたのは、もう六、七年前のことになる。老舗の会員制レストラン・バーだったそこを、もっと気楽でくつろげるサロンにしたいのだ、と彼女は言った。

その話を聞いた時、夢生は、大丈夫なのか、と思い、正直に言った。大学で経営学を学んだとは言え、彼女にひとつの店のオーナーになる才覚があるとは思えない。溺愛してくれた祖父のはからいで、学生時代から出入りしていたレストラン・バーには慣れているとは言っても、人あしらいに長けている女では、決してなかった。むしろ、下手だったと言っても良い。彼女は、出会った頃から、自分の目で選び抜いた友人としかつき合わなかった。だからこそ、誰にでも親愛の情を起こさせるような漱太郎に違和感を抱いたのだろう。そして、ひとり居場所を探しあぐねているような自分に目を留めたのだろう。

圭子は、当時、輸入食品会社で働いていたが、確か、そこも祖父の口ききで入った筈だ。彼女の人生は、いつも彼の好みで左右される、と夢生は、苛立ちを抑えられずに言った。

「まーったく、持つべきものは、なんでもくれるじいさんだよね」

夢生の皮肉など一向に意に介することもなく、圭子は、しらっと言ってのける。

「仕様がないでしょ？　いるんだから。ひとりきりの孫が好きで好きでたまらないおじいちゃんがいて、いつ死ぬか解らないから、最後の願いを叶えて欲しいと言ってる。そういう流れなんだよ。それに逆らわないだけ。ユメ、これ教えてくれたのって、あんたなんだよ？」

「そんなこと教えた覚えなんかないよ」

圭子は、しばらくの間、もどかし気に夢生を見ていたが、やがて、大きな溜息をついて口を開いた。

「ユメ、もうウリ専なんか止《や》めな？　本業に戻って、うちの花やってよって言うか、一緒に店やらない？　素敵な花で、いっぱいの場所にしたいんだ。ほら、交差点の側にあった『花の木』みたいな」

夢生は、昔、圭子の祖父に連れられて一度だけ足を踏み入れたことのある店を思い出した。華道家のオーナーが隅々まで手をかけた、豪奢な、あれこそサロンと呼ぶに相応しい場所だった。各界の著名人が、まるで自分だけの隠れ家にいるように、やんちゃにくつろぐ様に、彼は、ただただ度肝を抜かれたものだ。

「……ケイ」

「ん？」圭子は、無邪気に夢生の呼びかけに応える。

「理想、高過ぎない？」

「そんなの解ってるよ。だからさ、あそこをうーんと、カジュアルダウンした感じにしたいんだよ」

「改装費とかどうするの？　また、おじいちゃん頼みって訳？」

「まさか」言って、圭子は肩をすくめた。

「おじいちゃんとこ、老舗の格式だけ残ってて、余計なお金なんか全然ないもん。銀行で借りるんだよ」

「ケイが？」

「そう」

「出来るの？」

圭子は、悪戯を思い付いて得意になっている子供のように、くすくすと笑った。

「いるじゃん、知り合い、銀行に、ひとり」

夢生は、ようやく自分の惚れた男の職業を思い出した。


きみは、いつも、唐突に、ぼくの部屋にやって来る。それは、部署の会議のために残業がなくなる曜日の早い時刻のこともあれば、大きな案件を抱えて疲れ切った深夜の場合もある。時には、休みの筈の週末にも立ち寄ったりもするので、家庭サーヴィスをしなくて良いのかと、心にもない気づかいをして見せたら、鼻先で笑われた。

「くだんないこと言うなよ。サーヴィス出社っていう言い訳がちゃんとあるんだから。もっとも、うちの奥さんは、おれがいつどこに行こうと、何も文句は言わないけどね」

ぼくは、善良で無垢な雰囲気を家じゅうにまき散らしているきみの妻を思い出す。ころころと太った朗らかな人。いつも笑っている。笑い声を幸せのためにしか駆使したことがないように見える。世の中の汚ないものを感じ取るセンサーが、あらかじめ破壊された人。遊びに行った時、ぼくに、自分で調合したアロマオイルのセットをくれた。優しく、心の綺麗な、そして、鈍感な女。ぼくが、この部屋で、そのオイルを焚いた瞬間に、きみがなんと言ったか覚えている？　止《や》めてくれよ、お勤めの匂いがする。そう吐き捨てたのだ。そして、いつものように、ごろりと床に寝転び、取り留めのない話に終始する。それに耳を傾けるぼくもまた、お勤めに励む立場なのかもしれないが、きみと違うのは、その時が来るのを常に待ち望んでいるということだ。

いつやって来るか解らないきみのために、ぼくは望まれてもいないのに、合鍵をこしらえて渡した。きみは、昔から鍵穴をこじ開けるのが好きだったと言ったけれども、ぼくにはきみのためのそれがない。その代わりに部屋のドアを自由に開ける権利を譲り渡した。きみが、内なる汚ないものを捨てたいと思う時、何の苦労もなくそう出来るよう、ぼくは、自分のすべてを提供する。合鍵は、その小さなピースに過ぎない。どうか摩耗するまで酷使して、とぼくは、いつだって願っている。

「ユメは、新幹線、グリーン車？」

「たまに、仕事で乗らせてもらう時はあるけど、自分じゃ、とても。第一、新幹線に乗る機会なんて、あんまりないし」

「ふうん。おれ、この間、グリーンの座席で隣り合わせになった女とやっちゃった」

「無理矢理？」

「そのつもりだったんだけど、スカートの中に手を入れて太股をさすってたら、トイレに行こうって誘われてさ」

「行ったの？」

「うん」

ぼくは、裏切られたような気分になって、気色《けしき》ばんだ。

「そういうの趣味じゃないんじゃないの!?」

「そう。だから、おれの趣味に持って行くために、トイレん中で、パンティストッキングをびりびりに破いて手首を縛って、やった」

思いもよらなかったきみの乱暴なやり方に、その女は、必死に抵抗したそうだ。壁にぶつかる物音が外に聞こえないよう、水を流しながらやったから難儀した、ときみは他人事のように感想を語った。

「終わった後に、パンストの替え、ありますか？　って聞いたら、すごい目でにらみ付けられてさ。その時、ようやく、結構な美人だって気が付いたよ。彼女、自分のあそこより、ストッキングの方が大事だったんだな。よっぽど高いやつだったのかな」

ぼくの耳の奥で、引き裂かれるナイロンの音がこだまする。後で、ひとりきりになったら、ぼくも穿いて試してみたい。きみの指がそうしたように、穴を開け、むしり取る。足の脱け殻になったそれを弄びながら、股間に押し当て、きみの狼藉に思いを馳せる。その時、ぼくの性器は、女のクリトリスなんかより、はるかに大きく固くなり、背後から犯す時の、きみの手慰みとして相応しい存在に成長する筈だ。

　想像していたら、どうにもこうにもやるせない気持がぼくを襲い、きみの側に寄らずにはいられなくなる。即座に拒絶されないのを良いことに、ぼくは、きみの足の間に手を当て、ゆっくりとさする。そして、懇願する。

「漱太郎、お願い、少しだけ」

　きみは、冷やかな一瞥をぼくにくれた後、ひと言、命令する。

「あれ、取って」

　ぼくは言われるままに、安眠用のアイマスクをベッドサイドのテーブルの引き出しから取り出して、きみに渡す。そして、それを両目に装着したきみに、いいの？　と許可を乞う。すると、きみは、苦笑する。

「ユメは、別腹だから」

　許しを得たぼくは、お預けから解放された犬のように猛烈な勢いで、きみの下半身に飛び掛かる。ベルトを外す手間がもどかしくてたまらない。カチャカチャと音をさせながら、やっとの思いでバックルを緩め、ジッパーを降ろすと、そこには、下着の布一枚を隔てて、ぼくの恋焦がれたものがある。それは安息日に相応しく、柔らかいまま眠りに就いているが、ぼくには、とてつもない価値を持った供物に見え、横取りして口に含まずにはいられない。

「これは、施しだからな」

きみの声を遠くで聞きながら、ぼくは、自分を卑下する快楽に身も心も酔いしれる。きみの味、匂い、そして、舌触りを欲望のタンクに注ぎ込む。それらは、やがて、ひとり取り残されたぼくを、心行くまで慰撫してくれることだろう。

くだらない痴漢行為まがいに端を発した行きずりから、まったく自分本位に仕掛けたセックス、暴力以外の何物でもない性的な悪事まで、きみは、事細かに、ぼくに語った。その内のほんのいくつかしか、ぼくは立ち会っていないので定かではないが、たぶん、ほとんどが本当にあったことなのだろう。下手をすれば、今の生活をすべて失うかもしれないのに、きみは、少しも気にしていないようだ。いったい、何がきみをそんな衝動に駆り立てるのか。そう尋ねると、しばらく考えた後、理由なんか、ない、と答える。

「ただ、おれの中に、コントロール不能のエネルギーが生まれて来ちゃうんだ。ユメも射精の直前に、出すな！　って命令されても、もう止められないでしょ？　おれは、体全体でその状態になることがたまにあって、そうなったら、もう抑えが利かない。仕事とか、地位とか、立場？　あと家族？　そんなもの考える余地もない。でも、本当は、自分のそんな性質を知っているから、ああいう仕事やああいう家庭を選んだのかもしれない。世間体に守られたいのかもな」

世間体を守りたいのではなく、世間体に守られたいと言うのか。

「もっと言えば、世間体を利用したいってことだよ。そして、その利用出来る世間体を作るのは、おれには、すごく簡単だった。ほら、昔から、おれ、すごく親切じゃない？ みんな優しいって思ってくれてたみたいだけど、あれも、おれにとっては、しなれてる女の化粧みたいなもん。簡単な必需品」

きみの言うところのエネルギーの発露は、何も性的なものだけに限らない。ただの暴力の場合だってある。

いつだったか、深夜の飲み屋街を歩いていた時、OLらしい二人連れに絡んでいた酔っ払いのちんぴらを、きみは、路地裏に引き摺り込み、徹底的にぶちのめした。その男が血まみれになり、ほとんど意識を失っている状態になっても止《や》めようとはしなかった。このままでは殺してしまうのではないかと危惧したぼくが、きみを羽交締《はがいじ》めして事なきを得たものの、あのままだったら、きみの簡単に作れたと自負する世間体は、一夜の内に跡形もなく消えていたに違いない。

最初、正義の味方を見るような目を向けていた女たちは、途中で、悲鳴をあげながら走って逃げて行った。その後ろ姿をながめながら服の埃を払い、きみは、舌打ちをした。

「ちっ、あのどっちかとやってやろうとしたのに」

きみは、世間という観客なしにフェミニストになることはない。そして、ぼくは、ずっと昔から、もう観客の側にはいない。もちろん、半殺しにされて路上に伏したちんぴらは、観客どころか、人間としても認識されてはいない。

「ユメ、おれって、どっかおかしいのかなー」

きみが、この部屋で良い具合に酔った時、たまに、そう呟くことがある。ぼくは、訳の解らない不安に駆られて、きみの顔を覗き込む。すると、そこには言葉とは裏腹に呑気な表情が浮かんでいるばかりで、ぼくは、胸を撫で降ろす。

「なんで、そんなこと言うの？　漱太郎は全然おかしくなんかないよ」

「そっか？」

「うん！　そう。ぼくが保証する」

「ユメの保証かあ、頼りないな。でも、ユメの保証は他の人たちと違う本物の保証だもんなー」

そう言って、満ち足りたように目を閉じるきみの唇は微笑を刻んでいて、いっそ、あどけなくすら見える。ぼくの喉が鳴る。その瞬間、遠い記憶の中で点滅するものがあり、高校の男子便所で交した口付けの記憶が甦る。たった、二度きりのキス。最後は、自分の血の味で締めくくられた。

ぼくは、今、きみの性器で口をいっぱいにしている。昔、縮こまったままだったそれは、いつのまにか気を許して、海綿体に血液を送り込んでくれるようになった。睾丸は、ふっくりと炊いた二腹の鱈子《たらこ》のようにはじけそうだ。旨い。でも、本当に、ぼくが味わいたいのは、きみの舌の方。出来ないのが、つらい。

漱太郎は、たまに、夢生を自宅に招待することがある。金融庁の御達しとやらで、建前上は土日が休みなので、そのどちらかの午後だ。本当は、自分の部屋で二人きりになりたい思いでいっぱいなのだが、夢生の足は操られたように、あの非の打ち所のない幸福な家庭へと向かう。漱太郎が何を考えて自分を呼び付けるのかは解らない。うちの奥さんも子供たちもおまえのことが大好きなんだよ、と言うけれども、彼がそんな微笑ましい理由で、自分の数々の悪事を知る人間を家族に会わせたがるものだろうか。しかし、夢生は、疑心暗鬼を生じながらも、そこに行く。どんな場所でも、会えないよりは会える方が、はるかにましなのだ。

　その家は、かなり古い借家だが、持ち主の洗練されたモダン趣味が隅々まで行き届いていて、戦前の貴族の館のように見えなくもない。漱太郎の母方の大叔父が建てさせたものだという。

「最初は、おれの兄貴一家が住む予定だったんだけどさ、義姉《ねえ》さんが幽霊とか妖怪が出そうで気味悪いとか言い出して、それで、こっちに回って来たって訳」

「でも、ラッキーだったじゃない？　ちょうど支店からの異動と重なって。今、こんな雰囲気のあるおうちって、滅多にないもの。ユメちゃん、階段の踊り場のところのステンドグラス見た？」

　そう言いながら紅茶を勧めるのは、漱太郎の妻の路美《ろみ》である。カップとソーサーを持つ手が、いかにも柔かそうだ。彼女の体には角がなく、全身がくまなく曲線で縁取られている。その印象が会った人すべてに好感を抱かせる、そんな容姿。笑うたびに現れる笑窪《えくぼ》が愛くるしい。漱太郎に対して他人が抱く、恵まれた育ちのイメージが、彼女にも確かにある。

　最初に、漱太郎から妻を紹介された時、夢生は自分を人見知りするいじけた子供のように感じた。好意を全開にした彼女の顔が眩しくて、なかなか見られなかったのだ。この女が、彼の日常を細々と整えているのだと思うと、忌々しさも湧いて来た。こちらが手に入れられないものを当然の権利として所有している。しかし、何度か会う内に、夢生の心は、たちまち潤《ほと》びた。彼女の純粋な心づかいに憐れみを覚えたのである。憐れな人は優しさを教えてくれる。彼は、嫉妬など感じることなしに、彼女に接することが出来るようになった。自分も、また、彼女が手に入れられないものを所有しているのだ。

晴れた日、坂井家は、庭でバーベキューに興じる。グリルに入れたチャコールに点火している漱太郎の横では、二人の息子がじゃれ合っている。

「普段は料理なんてしないのに、バーベキューとローストターキーやチキンのカーヴィングは家長の仕事だって言って、私に触らせないのよ」

夢生が庭に面した板の間に置かれた籐椅子に座ってながめていると、ビールを運んで来た路美が話しかけた。

「漱太郎、良いお父さん、やってるんですね」

「仕事が忙しいから、こういう時にポイント稼いでるのよ。子供たちも漱ちゃんの言うことならなんでも聞くんだから。いつも一緒にいる私には、わがまま放題。ずるいったら、ありゃしない」

家族を愛している？　と一度聞いたことがあった。すると、漱太郎は、少し間を置いた後に、こう答えた。

「人が家族を愛するようには愛しているよ。でも……」

夢生が、その先を目で問いかけると、彼は、こう続けたのだった。

「おれが愛するようには、愛していない」

それが、どういう意味なのかは尋ねなかった。漱太郎が、心ここにあらずといった調子で、ぼんやりしてしまったからだ。その横では、夢生の部屋でしか吸わない煙草が、火の点いたまま短くなって行った。それを告げることなく、夢生は、彼の顔を見詰めていた。虚ろな瞳。彼は、時折、そんな目をする。そして、それに出会うたび、夢生は言いようのない不安に襲われてしまうのだった。

「ねえ、ユメちゃん。高校の頃の漱ちゃんって、どんな感じだったの?」

「どうって……今と変わんないですよ。あんな感じ。いつも、皆を楽しくさせてた」

「やっぱり、そう? 根っからサーヴィス精神が旺盛なのよね、あの人」

「路美さんにもそうですか?」

ふふっ、と笑って、路美は、夢生の腕を叩いた。

「そうよ、すごく優しい。でも、漱ちゃんは、私や子供たちだけじゃなくて、皆に優しいの。学校行事なんかで、他のうちの子たちにも優しくしてるのを見ると、ああ良かった、この人と結婚してって心から感じるの。だって、自分の身内だけに優しく出来るなんて当り前じゃない？　そうじゃなくて、それ以外の人たちにも平等に思いやりを持てるのが本物の優しさでしょう？」

　夢生の心の内に憐れみが押し寄せた。路美のことを、ほとんど好きだと感じられる。彼は思った。憐憫って、なんて心地良いものなんだろう。

「ぼくは、自分だけに優しい人がいい」

「え？」

「そして、自分だけに冷たい人がいい」

　夢生の言葉に、路美は怪訝な表情を浮かべた。

「ユメちゃんて変わってるわね。いつまでたっても、私に丁寧語使ってるし」

「だって、漱太郎の愛する人ですから」

　やーだ、と言って、路美は、はしゃいだ様子で追加のビールを取りに台所に走った。その後ろ姿を見ながら、夢生は、自分もまた、愛するという言葉に、二重の意味を持たせたと思った。漱太郎の愛するようには、あの人は愛されていない。

　何度か通う内に、子供たちは、すっかり夢生になついた。最初は、父親とまるで違う世界に住む人間であるのを感じ取ったのか、とまどった態度ではにかんでいたが、庭の鬼灯《ほおずき》の実を口に入れて吹き鳴らして見せると、驚嘆して駆け寄って来た。そして、その方法を教えていたら、あっと言う間に慣れ親しんだ。

「そんなやり方で、子供を手なずけるなんて、ユメしか出来ないな」

漱太郎が感心したように言った。

「ここんちの子たちが素直なんだよ」

彼が言うところの「そんなやり方」が、夢生の弟たちに通じたことなど一度だってなかった。幼ない頃、それを教えてくれた母も、再婚してからは鬼灯の存在すら忘れていただろう。欠けた植木鉢に、確かに、それは橙色の実を付けていたのだが。あれを買ったほおずき市の思い出が、夢生の気持を温める、母との最後の記憶かもしれない。

夢生は、実の父の顔を覚えていない。物心がついた時には、もう、彼は、この世にいなかった。若くして癌を患い、あっと言う間に死んでしまったと聞いたが、母がそのことについて、ほとんど話そうとしなかったので、本当のところは解らない。死因についても、時々、面倒を見てくれた伯母に聞いた。

父の記憶のない夢生であったが、新しい父親になろうとして母の許に通って来た何人もの男たちのことは忘れてはいない。

色々な種類の人間がいた。自分に、ことさら優しくしようとする者もいたし、子供をどう扱って良いのか解らず、素っ気ない態度を取る者もいた。おおらかな性質もいれば、癇性もいた。どの男も異った匂いを漂わせていたが、全員に共通したのは、どうにかして、早く母と二人きりになりたい、というあせりを全身に表していることだった。それを夢生に一刻も早く悟らせようとして、おだてたり、苛立ったりする。こづかいをくれて追い払おうとする場合もあった。そして、それでも彼が居座っていると、皆いちように、最後には怒り出すのだった。

そうなって、ようやく、夢生は、のろのろと立ち上がって外に出る。しかし、遊び相手がいないのだ。彼の住む公営住宅の前には小さな公園があり、そこでは同じ年頃の男の子たちが集っていたが、どうしても仲間に入れない。砂場で取っ組み合ったり、ジャングルジムから飛び降りる高さを競ったりする光景を見ているだけで嫌になってしまうのだ。誰もが乱暴で汚れていた。そこに混じって、親しさ故の罵倒の言葉を強要されるなんて、想像しただけで気が滅入った。

仕方なく夢生は、片隅のベンチで膝を抱えながら、ぼんやりしていたが、他の子供たちは、素早く彼の嫌悪感を感じ取り、側に寄って来ては何かとかまうようになった。偉そうにしているというのが主な理由だったが、彼は、そんなふうに振る舞っている覚えは、まったくなかった。ただ、彼らの楽しみ方は自分の趣味に合わない、と感じていただけだった。

挑発に乗ろうとしない夢生に対する言い掛かりは、次第にひどくなり、ついには度を越して手が出た。何も言い訳をしない彼に業を煮やしたひとりが、襟首をつかんでベンチから引き摺り降し、地面に叩き付けたのである。

夢生は、体に受けた衝撃から、しばらくの間、息も出来ない有様だったが、やっとの思いで目を開き見上げると、そこには、嘲るように笑いながら、彼を見下ろす子供たちの顔があった。

「おめえ、それでも男かよ」

リーダー格の子供のその言葉を耳にして、夢生は思った。嫌だ。こういう人間、本当に嫌だ。

大人になってからも、夢生は、あの子供の顔と彼から発せられた言葉を、はっきりと思い出した。そして、そのたびに歯ぎしりを禁じ得ない。あの種の人々の定義する男と、自分のそれとは全然違う。こちらの方が、ずっと本物の男を知っている。けれども、言っても仕方がないことは口にしないという知恵も付き、事を荒立てずにすんでいる。

あれから、ずい分と長い年月が経った。母親も継父も死に、二人の弟たちとも絶縁した。努力して、捨てるべきものを捨て去った。そして、今、絶対に捨てたくない事柄に優先順位を付けながら、バーベキューに舌鼓を打っている。

「ユメ、口にバーベキューソース付いてる」

庭に降りて野菜を焼く手伝いをしていたら漱太郎に言われた。咄嗟に口許に指をやると、彼は手を伸ばして夢生に触れた。

「そっちじゃなくて、こっち」

漱太郎の息子たちが、途端にはやし立てる。

「やだー、ユメちゃん、子供みたい」

「ぼくだって、ちゃんと食べられるんだよ？　ほら、見て見て」

あ、こら、と言って、漱太郎は、彼らを制す。

「串ごと食べちゃ駄目だよ、危ないだろう？　ママに言って、新しい紙皿もらって来て」

はーい、と返事をしながら、兄弟は、我先にと母親を呼びに走る。何という平和な景色。漱太郎の家でなければ、鼻先で笑いたくなるようなひとときだ。けれども、と夢生は胸を熱くする。あの自分の部屋で見せる彼の綻びの記憶が極上の隠し味となって、この陳腐なホームドラマを、この上もなく淫猥なものに仕立て上げている。あんなにも破綻している彼なのに、ほら、今は目の前で、すました顔をして、肉を引っくり返している。

「漱太郎は、いいお父さんだね」

「そうかあ？」

ばつの悪そうな笑い。可愛い。ぼくは可愛いお父さんという代物を、初めて知った。夢生は、声に出さずにひとりごちながら、生まれて初めて、父親という種族の一員を、目で犯し続ける。

何回かの入れ替わりを経て、夢生の正式な継父になったのは、母の勤める工務店に出入りする業者の男だった。

彼が、それまでの母の相手と違ったのは、最初から彼女のすべてを所有したいという意気込みに満ちていたことだった。そして、その「すべて」の中には、息子である夢生も含まれていたらしく、彼を、おおいに困惑させた。

家庭を持つのが夢だったと男は言い、自分の思い通りの居場所を作るべく、母子を服従させようとした。夢生にとって、彼が命令する数々のことは、子供心にも理不尽に思えたが、驚いたことに、母は喜々として従っていた。いわく、おれと会う前から持っていた物をすべて捨てろ。仕事を定時に終えて、おれの帰りを待て。おれの見ていない所で交友関係を持つな。

母は束縛される人となった。彼女は、自分をついばんでは去って行く男たちとの過去に倦み疲れ、誰かのものとなるのを切望していたのだろう。がんじがらめにされて楽になりたかったのだ。そこには、もう、何を選択する迷いも必要もなく、ただ身を委ねるだけの人生が待っていると信じた。彼女の過ちは、初期の喜ばしい情熱の形が永遠にそこなわれない、と思い込んだことだ。流れる時間の中の些細な要因で、それは、あっと言う間に姿を変える場合もあるというのに。

継父となった男は、数々の難題を夢生に課した。言葉づかい、立ち振る舞いに始まり、友達選び、遊び方などを厳格に指導した。そして、それらは、ほとんどが夢生の忌み嫌う類のものだった。いわゆる、男らしいと世でもてはやされるためにある作法。継父は、あの公園で夢生を威嚇した憎むべき子供たちと同質の流儀を家に持ち込もうとしていた。その基準は、当然のように母も受け入れていたので、反駁《はんばく》すら出来なかった。

しつけをし直すという名目を掲げた両親の熱心さに負けて、夢生は、長い間耐えた。しかし、毎晩のように隣室で交わる彼らの獣じみた声を聞いている内に、ふと思ったのだった。この人たちは、ぼくを使っている！　昼間の厳しさが、夜の楽しさを引き立てている！　だって、母は、啜り泣くように言っていた。私も、あんたの好きなようにして。嬉し泣きだ、と彼は驚いた。自分は、これまで一度も嬉しくて泣いたことなどない。継父の低い声が、そこに重なる。おまえも、おれ好みに仕立てなきゃな。

突然言うことを聞かなくなった夢生に、継父は激怒した。母は、おろおろして、何とかなだめすかして従わせようとしたが無駄だった。夢生には、もう、はっきりと解っていた。自分は、彼らの世界の住人にはなれない。何かが決定的に違っている。それが何であるかは、まだ正確に言葉で表わすことは出来ないけれど、それでも、確信はある。自分は、彼らのような行為の末に子を作り、そして、その子を支配下に置く人種には属していないと。

夢生が、急に、やる気のない態度をあらわにし始めたのを見て、継父は、彼の体を揺さぶった。解りやすい反抗ならまだしも、黙り込んだまま脱力している子供に業を煮やしたのだろう。何度も怒鳴り付けた。しかし、効き目はない。夢生の気持は、もうこの家ではないどこかに飛んでいて、怒号を聞き流しながら、うすら笑いを浮かべることすら出来たのだ。

ついに、継父が手を上げた時、夢生は、この人は失敗したな、と思った。人選ミスだ、と可哀相にも感じた。自分のような子供付きの母を選んだ男に、ほとんど同情しそうになった。こういう男は、女も子供も馬鹿だと決めつけている。けれど、その中にも、可愛い馬鹿とそうでない馬鹿がいて、自分は、可愛い方を選んだという優越感を持っている。でも、ぼくは馬鹿じゃない。そして、可愛くもない。

制止出来なくなったのか、継父は、夢生を何度も何度も殴り付けた。とうとう母が悲鳴を上げて、息子を守るために、その体に覆いかぶさった時、夢生は、彼女の肩越しに見える継父の悲痛な表情から、ひとつのことを読み取った。彼が母にいくら捨てろと命じても捨てられないもの。それは、子供に受け継がれた昔の男の血だ。忘れ形見という言葉は、まだ知らなかったが、継父に確認させたものがそれであるのを、夢生は直感して呟いた。ぼくは、あんたの子じゃない。

夢生は自由になった。けれども、それと引き替えに、母を生け贄として差し出すことになろうとは予想していなかった。継父の彼女に対する執着は、度を越すようになり、少しでも気に染まないことがあると、暴力をふるうようになった。彼女は、もう、仕事以外どこにも行けなかった。嫉妬が高じて、それすらも、ままならない日もあった。仕事場のあらゆる男との関係を疑われていたのだ。そして、それが勘違いだと判明すると、今度は、二人で布団にもぐり込んだまま出て来ない。一刻も早く自分たちの子供を作ろうと努力しているかのようだった。見放した息子のしつけの代わりに、今度は、暴力が、さかりの付いた二人を御膳立てしていた。

毎日が息苦しくて、夢生は、よく外に出た。しかし、公園にたむろする子供たちとは関わり合いたくないので、なるべく離れた場所を徘徊していた。その時に声をかけて来たのが、後に、お兄ちゃん、と呼ぶことになる人物だ。

「ユメちゃん、来月、パパのお休みの日にキャンプに連れてってもらうかもしれないんだよ、ね、ママ？」

「そうねえ、でも、まだ解んないわよ。パパ、忙しいから」

上の息子の問いかけに、路美は肩をすくめて見せる。

「漱太郎、忙しいんですか？」

夢生は、何も知らないような振りをして尋ねてみる。

「そうなのよ。残業は多いし、土日もサーヴィス出社だとか言っていないこともあるし、なかなか子供たちのために予定が立てられないの。でも、なるべく自然に触れさせてやりたいっていう努力はしてくれているのよ。上の子なんか、お友達の影響で、ゲームに興味を持ち始めてるから、気を付けないと」

「ゲーム、駄目なんですか？」

「……そうじゃないけど、まだ早過ぎるじゃない？　ちっちゃな内からゲームの画面に釘付けになるなんて……やっぱり、子供は、外で元気に遊ばなくっちゃ」

「そうでしょうか」

「あら」と言って、路美は、顔色をうかがうかのように夢生を見た。

「ごめんなさい。もしかしたら、ユメちゃん、ゲーム好き？」

「いえ、全然」

ゲームが好きなのではなく、外で元気に遊ぶのが嫌いなのだ、と思ったが口には出さなかった。幸せな子供は、どれも似かよっている筈、と何の疑いも持たない人間に、どうせ言っても無駄なことだ。

夢生に声をかけて来た「お兄ちゃん」は、ぼくのうちに来ない？　と彼を誘った。この場でないどこかで時間をやり過ごせたらと切望していた彼は、その言葉が天の助けのように感じられて、迷うことなく付いて行った。人懐こくて優し気に見える人だった。お兄ちゃんと呼ぶには年を取り過ぎているように思えたが、そう呼んで欲しいと頼まれたので、素直に従った。

お兄ちゃんのマンションの部屋には、夢生と同じ年頃の男の子たちが六、七人はいて、大型テレビの画面を見詰めながら歓声を上げていた。家庭用のテレビゲームが普及し始めた頃で、彼らは、順番に、それに興じているのだった。

まるで年かさの子たちを集めた託児所のような雰囲気に夢生が驚いていると、お兄ちゃんは、やったことある？　と尋ねた。首を横に振ると、じゃあ教えてあげる、と言った。そして、ゲームの最中の子供をどかし、自分のかいた胡坐《あぐら》の上に夢生を乗せて、背後から覆いかぶさるようにして、リモートコントローラーの操作の仕方を手解《てほど》きした。初めて受けた大人の男からの無償の親切に、夢生は有頂天になった。

夢生は、毎日のように、お兄ちゃんの部屋に通いつめて楽しい時間を過ごしていたが、ある日、それは唐突に終わりを迎えた。ドアベルをいくら鳴らしても応答がなくなったのである。今日こそはドアを開けざまにあの満面の笑みを覗かせるだろう、とくり返し訪ねてみたものの、気配すらなかった。その内、待ちかまえていたらしい二人の男たちに呼び止められたので、彼は、全速力で走って逃げた。

お兄ちゃんは突然消えた。夢生は、裏切られたような思いで悲しみに暮れていたが、継父が置きっ放しにしていた写真雑誌で事の次第を知ることになる。そこには、お兄ちゃんの顔があった。

読めない漢字を必死に類推して、どうにか解ったのは、お兄ちゃんが、あの部屋に集まっていた子供のひとりを殺してしまったということだ。

帰宅した母に詳しい説明を求めると、彼女は眉をひそめて言った。

「無理矢理、男の子に悪戯しようとして、暴れたその子の首を絞めちゃったんですって。毛布にくるんだその子の死体と、何日か一緒にいたそうよ。いやあね、うちのわりと近所じゃない？　そんな変態が住んでたなんて、ほんと、ぞっとするわ」

夢生は、お兄ちゃんの胡坐に座っていた時の自分の尻の下の感触を思い出した。あの、見る間に固さを増して行った股間の違和感。でも、それは、決して不快ではなかった。むしろ、何か懐しいような気持を起こさせた。そして、訳の解らない甘い感覚が、呼び覚まされる手前で止まっているようなもどかしさ。もしかしたら、あの先に、母の言う悪戯があり、その悪戯が変態というものを作るのか。だとしたら、ぼくは、それが決して嫌いじゃない。

大人になるに従って、夢生には事件の全貌がはっきりと見えて来た。すると、こう思わざるを得ない。お兄ちゃんの罪は、ぼくではない誰かを選んだことだ。わざわざ抵抗する子供を選んで罪人になるなんて、愚かな奴。でも、愚かな人間は、この世に山程、いる。母だって、そして、ぼく自身だって。欲望に引き摺られて身をやつす人々。ぼくにだったら、お兄ちゃんは、スーパーマリオなんて使う必要はなかったのだ。

「ユメー、こっち、肉焼けてるから、取りに来いよ」

漱太郎の声で我に返った夢生は、皿とグラスを持ってグリルの側に移動した。こんがりと焼けた骨付きのラム肉の上で、ローズマリーの小枝がはぜている。

「なんか、ユメ、今日、ぼんやりしてるな、どうした?」

トングではさんだ肉を皿に載せながら、漱太郎が尋ねる。

「昔のことを思い出して、感傷に浸ってただけだよ」

そう答えた後、夢生は声を潜めて続けた。

「ねえ、漱太郎は、いったい、なんだって、ぼくを呼んで、家族の団欒を見せつける訳？」

「え？　だってさ」肉を頰張りながらの漱太郎の言葉には何の屈託もない。

「うちの白々しさを見れば、おまえが幸せな家族に劣等感を持つ必要なんて、なくなるだろ？」

その通り。もう、継父も母も、夢生を煩わせることはない。ここを訪れるたびに、死んだ両親は、何度でも何度でも、改めて、死ぬ。


ぼくのこの部屋には、もう、きみしか来ない。ひとり暮らしを始めた頃、ぼくは、小さくて安い部屋を転々としながら、色々な人を招き入れた。圭子を始めとする何人かの女友達や、花の仕事の関係で知り合ったぼくの体目当ての人々、二丁目に集うゲイの仲間たち。話し込み、笑い合い、愚痴を言い合い、そして、時には性行為に及んだ。よるべない若者に相応しい、慎ましくもだらしない住処の使い方だった。

きみも、時折、やって来た。それは、いつも唐突で、たまに他の客とかち合うこともあったが、そんな時、きみは高校時代からの気の良い友人として振舞った。その好感の持てる態度は、圭子以外の誰をも夢中にさせたが、ぼくには、きみの内心の苛立ちが、手に取るように解った。客が帰り、二人きりになると、言うのだ。ああ、やっと邪魔者がいなくなった、と。そして、ごろりと寝転ぶ。当時は、床より畳の部屋の方が多かった。それは、たいていの場合、古くささくれ立っていて、きみに似つかわしくなかった。どうせ畳なら、あの高校の茶室のように青々しくなくてはならない。ぼくは、もっと良い部屋を目指して、ウリ専の仕事に精を出し、圭子の助けを借りながら、この部屋に辿り着いた。以来、訪問客を少しずつ切り捨て、とうとうきみだけが残った。今では、圭子も遠慮している。誰にでも、ひとりきりになる場所が必要よ、と彼女は言ったけれども、もちろん、ぼくが求めるのは、きみと二人きりになること。さあ、ここでは、何もかも語って良いんだよ、と無言できみを見詰める時、ぼくは、人を許す快楽に震える。けれども、実は、きみの口から流れ出るすべての事柄は、許しを乞うためにあるのではないのだ。ただ吐き出されている。満腹故に連続するおくびのようなもの。人前で、げっぷをしない礼儀をわきまえるきみは、この部屋に来て、する。そして、胸のつかえを取り去り、楽になって、次に備える。その時には、ぼくは、もう、きみの汚れた息のとりこだ。それを存分に吸い込みながら、生き直す力をもらう。きみは、そうさせてくれる。ここで許しを乞うのは、ぼくの方だったのだ。

きみが痛めつけた女の内のひとりが自ら命を断った、と聞いたことがある。同じ銀行の一般職の人だったという。きみとは別の妻子ある上司との親密なつき合いを噂され、大阪に異動した直後だそうだ。仕事関係の女には手を出す気が起らないと、日頃から言っていたので、意外に思ったぼくは理由を尋ねた。

「こっそり盗ってやった。相手の上司、おれの大嫌いな奴だったから。あの子、有頂天になって、醜かったたな。大阪から戻って来たら、おれと一緒になれると思っててさ」

また無理矢理、やっちゃったの？　という、ぼくの問いに、まさか、ときみは肩をすくめる。

「ただ強引だっただけ。そうしたら、こっち側に倒れ込んで来たから、いいようにして、思う存分に夢を見させてから捨ててやった。でも、死ぬとは思わなかったけどなあ。狂言で、おれを呼び寄せようとしたんだろうけど、間違っちゃったんだろうな。なあ、ユメ、人間って、わりに簡単に死んじゃうのな。あの時も、そうだったもんな」

あの時とは、きみが大学に入った年の夏休みのことだ。圭子が高校時代から続けていた千葉の鴨川でのアルバイト先に、二人で陣中見舞と称して押し掛けたのだった。そこで、ひとりの男子学生が死んだ。海で溺れたのだ。サーフィンを教えてもらっている方ではなく、教えていた方が死んだ。

「結局、パドリングだけ覚えて、ボードに立つことは出来なかったんだよなー。初心者のままで終わっちゃって残念だったよ」

あの時も、きみは、慰めが必要な死んだ男子学生の恋人をいいようにしていたのではなかったか。

「馬鹿な男だよ。海の中でなら、女に騒がれてるおれより優位に立ててると思っちゃってさ」

大阪で死んだ女の恋人であったきみの上司もきみにとっては馬鹿な男だったのだろう。周囲の人間は、その男のせいで女が自殺したと信じて疑わなかった。そして、退職を余儀なくされた。

「あの時は、配慮を尽くしたから、おれの名前は出なかったんだよ。でも、仕事関係は、もう面倒臭い」

「でも、やっぱり、鍵穴は、こじ開ける」

ぼくが、呆れたように笑うと、きみは、少しばかり得意気になって、鼻を鳴らす。

「うん！　でも、こじ開けるのって、体だけじゃなくて、心の方もおもしろかったりするんだよ。そっちは、絶対に、ばれない」

困った人だと、ぼくは溜息をつく。まるで、新しい発見をひけらかす、やんちゃな子供のような顔をする。この部屋でだけ、見せる顔。きみは、下卑《げび》た本性を、ここで、ぽいと捨てる。そして、ぼくは、それを拾い集め、丁寧に咀嚼《そしゃく》する。きみのトラッシュは、ぼくの体内に取り込まれ、恋情の層を重ねる。

「なあ、ユメ、おれ、自分が人間で、ほんと良かったと思うよ」

「なあに？　それ」

「だって、もし、人間じゃなくて虫とかだったら、なんの縛りもなくてつまんないじゃない。タブーがあると破る楽しみもあるから生きる意欲を湧かせるのに事欠かない」

ぼくも人間で良かったと感じている。生殖無用の、雄が雄を愛する喜びが許されるのは、人間であるからこその特権だろう。けれども、一方で、こうも思うのだ。きみと二人、ちっぽけな虫たちとして生まれ、同じ日照りの中で涸れ果て、あるいは、同じどしゃぶりの雨に溺れ、共に呆気なく朽ちて行くのも、また幸せなのではないかと。ぼくは、きみと、ただの有機体となり、土に埋もれて混じり合うという見果てぬ夢の中で、自分を遊ばせる。

「漱太郎は、人間として生きているのが楽しいんだね」

「そうだよ。ユメは違うの？」

「もちろん、楽しいよ。でも、苦しくもあるんだよ」

「あはは、そういや、おれもそうだ」

「嘘だ。漱太郎には苦しむ才能なんかないよ」

「言ってくれるなあ」

それまで自分の両腕を頭の後ろで組んで枕にしていたきみが、笑いながら起き上がる。その瞬間、脇の下から、かすかな匂いが漂って、ぼくを刺激する。ここに来ることで気を抜いて、ディオドラントを使っていないのだ。ぼくは、そこに鼻先を押し付けたくなる気持をどうにか抑える。きみのアポクリン汗腺からは、ぼくの好みのスパイスが香る。クミンシードを連想させるような。

「ユメは、おれを見くびってるな。おれだって、苦しむ才能ぐらいあるんだよ」

「へえ？　それ、どんな？」

「片思いの苦しみ」

ぼくの目の前は暗くなる。

「……誰に？」

「ユメに」

「嘘!?」

きみは、つい調子に乗ってしまった自分を詫びるかのように、すまなそうに、ぼくを見る。

「本気にするなよ、まったく。おまえ相手に苦しんでどうなるんだよ。そんなんだったら、ここに来る訳ないだろ？」

でも、ぼくは。唇を噛み締めながら、もう一度、心の内でひとりごつ。でも、ぼくは。

この部屋でだけ、ぼくは、世にも悲しい主語を獲得している。

圭子が祖父から引き継いで新装オープンした店は、「K's bar」（ケイズ・バー）と名付けられ、毎晩とは言えないまでも、そこそこ賑わっていた。祖父の代からの客が孫娘のための祝儀代わりにと紹介してくれた人脈と、彼女と夢生が呼び込んだ客層が、上手い具合に組み合わさった形だった。

それを契機に、夢生は、自分から疎遠にしてしまっていた師匠に頭を下げ、もう一度、フラワーアートに関して学び直した。目をかけていた弟子に逃げられた格好になっていた師匠は、再会に際して嫌味を連発していたが、夢生の低姿勢で真摯な態度に、とうとう折れた。元々、世話になっていた筋からの口ききで雇い入れた青年であるし、彼の勘の良さには、他の生徒にない将来性を感じていたのだ、と語った。二人の間のわだかまりは、さほど時間を置かずに溶け、師匠は、取り巻きを連れて圭子の店に来てくれるようになった。もちろん、夢生によるアレンジメントに厳しい感想を付け加えることは忘れなかったが。

夢生は、ようやく、師匠の仕事のアシスタントと、圭子の店を軌道に乗せる手伝いで生計を立てられるようになった。もう、体を売る必要はない。そもそも、それ以前に、自分の商品としての需要が減り始めているのに気付いていたのだった。いくら若作りをして誤魔化しても、やる気のなさは悟られる。もし異性愛者だったら仕事として割り切れたかもしれないが、自分は、男の撰り好みが激し過ぎる、と彼は思っていた。欲情しない男にサーヴィスすることが、年齢を経るに従って困難になって行ったのだった。実際に、彼と同じ頃にウリ専の世界に入った仲間で、三十歳を越えてからも続けているのは、ほとんどが、異性、もしくは両性愛者であった。

客は、それを了解している場合も多かったが、あまり問題にはしない。問題になるのは、ボーイの方がやる気をなくした時だ。夢生の勤労意欲は、かなり早い段階で失せていた。

元々、彼にとってのセックスは、発散し切れない自分の欲望の落とし前をつけるためにあった。他人のそれのためでは、決して、ない。漱太郎によって、疼かされて放置されたままの体は、自分自身で選んだ男を弄ぶことでしか満たされなかった。SNSやゲイクラブで拾った男をサディスティックに扱う時、彼は、快楽の息つぎをしながら、頭の片隅で思う。漱太郎が悪いんだ。全部全部、あいつのせいなんだ。すると、あのジェントルマンが、本物の極悪人として、脳裏に浮かび上がる。だから、彼は、こっぴどい罰を与えてやる。自分の体液を吸い込んで、ひれ伏している、赤の他人に。

それでも、自分をだましだまし、ウリ専を続けて日銭を稼いでいた夢生だったが、終わりの日は唐突にやって来た。店で、彼を指名した老人の相手をすべく、用意された個室に向っていた時のことだ。やる気がないのに指名が多い彼を心良く思っていないボーイ仲間たちのひとりが、すれ違いざまに口汚なくののしった。

「今日は、オケ専かあ。ダレ専だと楽ねー。しっかり、あこぎに稼いで、ついでに、てめえも棺桶に入っておしまい。もう出て来んな、ばばあのくせに。死ね！」

オケ専とは、棺桶に片足をつっ込んでいるような年寄好きを言い、ダレ専とは、誰でも相手にする淫売を意味する。その種の言葉を投げ付け合うことなど、日常茶飯事で挨拶のようなものだったから、普段の夢生なら気にも留めなかっただろう。優越感をあらわにして、せせら笑いながら何か言い返したかもしれない。

しかし、その時は違った。持たされた個室の鍵を握る手から力が抜けた。二時間、一万八千円、店の取り分、九千円、差し引いて、ぼくの取り分、プラス、指名料、時にチップ。いつもは深く考えたこともない数字が、彼の中ではじかれた。同時に、鍵が、ぽとりと床に落ちた。そして、それを拾うこともなく、彼は、その場を立ち去ってしまったのである。

金額に見合わない、と感じた訳ではない。それまで続けて来たことを悔いた訳でもない。好みでもない老人相手に奮闘するのを馬鹿馬鹿しいと思った訳でもない。ただ、突然、悟ったのだ。止《や》め時は、今だ、と。

ひとつの決意は、さまざまな転機を運んで来る。新宿二丁目での夢生の事情など、まったく知らない圭子に、店を手伝わないかと誘われた。かつての師匠が、自分と連絡を取りたがっていると、人を介して聞いた。入行して以来、いくつかの支店を異動したため頻繁には会えなかった漱太郎が本部勤務になり、彼の部屋に通って来る回数がいっきに増えた。そして、実家での唯一の気掛りであった母が、狭心症で呆気なく死んだ。

この頃に起こったいくつもの出来事に便乗して、夢生は、自身の生活の軌道修正を計ったのだった。そして、それは、少なからぬ人々の力添えもあって上手く行き、今、彼は、

K’s barのカウンターに立っている。

「ねえ、ユメ、坂井くんに妹がいたって知ってた⁉」

店に入って来るなり、圭子が興奮した口調で、夢生に話しかけた。

「うん、知ってるよ。会ったことはないけど」

「あんたが結婚式の仕事でいない時、坂井くん、妹さん、連れて来たんだよ」

「え？　漱太郎、来たの？」

どうせ来るなら、自分がいる時にすれば良いのに、と夢生が不服に感じていると、圭子が、うっとりとしたように溜息をついた。

「それがねえ、その妹、すっごく綺麗な女の子なの」

「……女の子って……確か、もう三十近いんじゃなかったっけ」

夢生が呆れると、ぴしゃりと遮られた。

「ピュアで美しい女は、誰でも女の子なの！」

「じゃ、ケイは、いつから女の子じゃなくなったの？」

「うるさい！」

圭子が投げたコースターを避《よ》けながら、彼女はピュアでもないし美しいとも言えないな、と夢生は感じている。あれこれと取り込んだ卑俗を容姿に生かして、味がある。だからこそ、好きになった。

「でも、漱太郎が妹を連れて来るなんて、いったい、どうしたんだろう」

「気分転換させたいって言っていたよ。妹さん、絵を描いてる人なんだって。美大でも教えてるんだってさ。なんか、個展やるらしくて、家にこもりっきりで、心配だから連れ出したみたいよ」

漱太郎に兄と妹がいることは聞いていた。しかし、その話をしたのは、ずい分と前のことで、夢生は、すっかり忘れていた。彼が覚えている限りでは、漱太郎は、妹に関して、こう言っていた。小さい頃から、お兄ちゃまお兄ちゃまって言って、まとわり付いて来てさ、すげえ、煩わしいの。

「たまーに、坂井くんが、うちに連れて来る女たちってさ、皆、確かに、それなりに綺麗だけど、なんか、うんざりするのよね。自分たちのこと、いい年齢《とし》して女子とか呼んじゃってさ。逃げ道を残して媚びてる感じ」

漱太郎は、そんなことはお見通しだ、と夢生は、おかしくなった。客商売のくせに、いちいち目くじらを立てる圭子は、まだまだ初心《うぶ》なのだと思う。確かに漱太郎を囲む華やかな女たちは、彼の気を引きたくて仕方がないくせに、女同士の友情めいたもので武装し、牽制し合っている。女子力などという言葉で連帯感を共有したかのように振舞う彼女たちを見るにつけ、御苦労なことだと、夢生も思わないではない。そんなアピールは、彼女たちの憧れるあの男に少しも効きはしないのに。気にも留めていないから、優しく微笑み続けているというのに。

「昔さ、お兄ちゃんみたいに思ってるのお、とか言って、憧れの男の一番近いポジションを確保してる女とかいたじゃん？　不都合なことが起きたら、それ言い訳にして、逃げられるように伏線張ってさ」

「ケイの天敵だね」

「そうそう。ああいうのが、ようやくいなくなったと思ったら、今度は、女子会女だよ？　いつの時代にも、私の天敵は現われる訳よ」

「あのさあ、ケイ、いちおう水商売やってるんだからさ、いいお客さん連れて来てくれた漱太郎に感謝しなくちゃ」

「それは、そうなんだけどさ」

圭子は、唇を尖らせた。

「漱太郎抜きでも来てくれるようになったんだし」

「まあね。でも、いつ坂井くんが来てもいいように待ちかまえてるよ。ひとりひとりが気を抜いてないの。でも、それを悟られないように、皆、必死。やっぱり女子飲みだよねーなんて言ってるくせに、私の、いらっしゃいって声で、グラス持つ手が気取るもんね」

「店主に、こんな意地悪な目で見られてるなんてね」

「だってさ」圭子は、バイトのウェイターに今夜のつまみのメニューを渡した後、夢生に顔を近付けて、まるで不吉なことを口にするかのように、声を低める。

「親しい人たちの真ん中で、にこにこしてる坂井くんを見ると、高校の時の彼を思い出すのよ」

「それの何が悪いの？」

圭子は、漱太郎が世間に見せている顔しか知らない筈だ。

「いやーな予感がするの」

「その予感、当ったことある訳？」

「……ない……よ、ないんだけどさ、私、昔から、坂井くんが、そつない態度を取れば取るほど、恐くなるの」

やっぱり、親友だ、と夢生は感じた。自分と同じ類の勘が磨かれている。そこで恐さを覚えるのは、彼女が漱太郎に心惹かれていないからだし、自分は惚れてしまったからこそ、その得体の知れなさが欲望に拍車をかける。

「でもさ、妹を連れて来た時、なんか安心したんだよね。あの坂井も普通のお兄ちゃんやってるんだーって。いつもの彼と全然違ってた。貴恵子《きえこ》ちゃんがギムレットをお替わりしようとしたら、強過ぎるから、ジン・トニックにしておけって、うるさく言ったりしてさ」

へえ、と夢生は、自分が妹の名前すら知らなかったのに、今さらながら気付いた。貴恵子というのか。どうして、今まで、話題にすら上らなかったのか。

「お兄ちゃんみたいに思ってるのお、とか言って妹ぶる女と違って、本物の妹はいいね。あれこれ世話を焼こうとする坂井くんを、時々、困ったように見たりして。うっとうしいお兄さんになってる彼、なかなか、良かった」

圭子の話を聞いている内に、夢生は苛々して来た。漱太郎が、うっとうしい兄の役目に甘んじているなんて。

急に黙り込んだ夢生を見て、圭子は、さも愉快そうに尋ねた。

「ねえ、ユメ、まだ坂井くんのこと好き?」

「うん」

「前みたいに?」

「ううん。全然、そんなんじゃない」

夢生の答えに安堵したのか、圭子は、溜息をついた。

「良かった。ユメ、ああいう人間を愛したら駄目だよ」

前みたいには好きじゃない、という意味が、圭子には解っていない。前というのが高校時代のことなら、もうそんなものは、はるかに凌駕している。

突然、外が騒がしくなった。と、同時にドアが開き、ジュリ子たちのグループが入って来た。一番後ろにシゲの顔も見える。夢生は、彼らをテーブル席に案内したウェイターと入れ替わりに、挨拶をしに行った。

「さっき、ケイがさあ、いい年齢《とし》して、自分を女子とか呼ぶ女の文句言っててさ」

「あたしも嫌ーい！　だって、それ、間違ってるわよ！」

「そうなの？」

「そうよ！　本物の女子は、あたしらだもん。ねー!?」

ねーっ、そうよそうよ、などと、一斉に合槌やら賛同の声が飛んで、かしましい。その中で、シゲだけが無言で携帯電話を覗いている。夢生の視線に気付いたのか、ふと顔を上げて目が合うと、照れたように微笑んだ。そんな彼を夢生は可愛いと思う。懐に入れて暖めてやりたい種類の可愛さだ。自分と同じ匂いがすると感じるのだ。ひとりの人間にひたむきになれる素質のような匂い。

もう、ずい分と前になるが、夢生は、シゲと何度か関係を持ったことがある。まだ今のマンションに移る前、いつも誰かしら客が訪れていた小さな部屋に住んでいた頃だった。友人に連れられて来た何人かの中に、新宿二丁目で見かけた覚えのある彼がいた。いまだに年齢を尋ねたことはないが、あの時の彼は、十代だっただろう。心ここにあらずという風情の少年だった。

「この子は、いつも、ぼんやりしているの。でも、その空虚な感じがいいとか言われて、結構、客ウケはいいのよ」

シゲを連れて来たゲイバーの雇われママが言った。

「シゲ、この人はユメちゃん。もうほとんど堅気に戻っちゃってるんだけど、ボーイやってる頃は、すごく売れっ子だったのよ。色々教えてもらうといいわ」

シゲは、片頬に笑窪を刻みながら、ぎこちなく会釈した。唇に、わずかな微笑みは浮かべているものの、瞳には親しみやすさの欠片もない。かと言って、敵意も依怙地《いこじ》さも、まったく浮かべてはいない。ただ目に映るものを、そのまま受け止めているという感じ。いい子だな、と夢生は感じた。媚のないこういう目を持った子は、ある種の男をとりこにする。けれども、そのことでいい気になったりは、決してしない。他人をあるがままの状態で瞳に取り込む者は、自分をも正確に見詰めることが出来る。彼なら、流されることなく仕事をこなして行くだろう。その先に何を求めているかは知らないが。

また、おいで。帰り際の夢生の言葉に、初めて歯を見せたシゲは、本当に、また来た。そして、夢生が持ち出す世間話の聞き役に徹していた彼は、自分からも話題を持ちかけるべく思案していたようだったが、その内に面倒臭くなったのか、無言で手を伸ばして来た。

なるほど、と夢生は思った。苦手な会話を上手く行かせるためには、まずは体を許し合わなくては始まらない。体が馴染めば、心もその内に付いて来る。恋と無縁の関係に、気のおけない親しみを運び込むためには、この優先順位が欠かせない。二人は、互いの股間が盛り上がるのを認めた後、慌ただしく衣服を脱がせ合った。

それから何度か、この体を使って射精したいという欲望に同時に駆られて、彼らは皮膚を重ねた。後ろからされるのも、するのも嫌いだというシゲに無理を強いることなく、夢生は、手や口や太股の隙間の有効な使い方を懇切丁寧に教えた。そして、シゲもそれに良く応えた。

もう充分に堪能した。そう思えた時、彼らは、どちらからともなく体を離して、初めて気を許した者同士として向い合った。いつでも寝られる、けれども、もう別に寝なくてもかまわない、という落ち着きを共有する間柄になったのだった。

二人は急速に親しさを増したが、身の上話とは無縁だった。相手の過去には何の興味もなかった。話題は、常に、彼らが出会って以後のことに限られていた。しかし、話し続けていると、どうしても、トピックスに、双方のつちかって来た価値観が滲む。彼らは、その気配を交互にすくい上げながら、自分と同質のものを見出し、信頼を深めて行った。そんな中で、夢生は、シゲが、男女共に欲情出来るバイセクシュアルではないかと感じ取ったのだった。もちろん、当人の口から告白されるのでもない限り、問いただすつもりはなかったが。だいたい、その種の事実など、どうでも良いことなのだった。性の志向など何でもありだ。あの小さな街を通過しただけで、そう思える。だから、今でも大事な場所だ。ドント　アスク、ドント　テル。あのちっぽけなエリアが、そこに集うあらゆるセクシュアリティのために、なんとアメリカの軍隊と同じ規律を保っているのだ。

「あ、漱さまがいらした！」

目を輝かせたジュリ子の視線の向こうには、店のドアを開けた漱太郎の姿があった。

「あのスーツの着こなし。これ見よがしのブランド物じゃないところが素敵じゃない？」

ジュリ子は、そう言って溜息をつくけれども、華美を連想させない身だしなみが、漱太郎の仕事上の戦略であるのを、夢生は、よく知っている。顧客の信用を勝ち取るために、漱太郎は、故意に一般的なブランドを身に着けるよう心がけているのだ。大学時代に手首を飾っていた兄譲りのカルティエのタンクアメリカンは、いつのまにか、グランドセイコーに取って代わられている。

「いくら騒いだって無駄よ。あの人、ノンケなんだから」

「知ってるわよ！　だから、余計に神秘的なんじゃないの」

「それは言える！」

ジュリ子たちのかまびすしさに夢生が苦笑していると、漱太郎が、こちらに歩いて来た。そして、驚いたことに、シゲに、元気？　と声をかけたのだった。

シゲは、慌てて立ち上がり、頭を下げた。

「あ、いいからいいから。飲んでる邪魔する気ないから」

漱太郎は、シゲの肩を叩いて、座るよう言った。

「漱太郎、シゲのこと知ってたっけ？」

「ここで見かけてはいたけど、話したのは、この間が初めて。妹、連れて来たんだけど、あいつ、シゲくんに絵のモデルになって欲しいって言い出してさ。でも、自分から言い出せないみたいだから、おれが口を利いてやったの」

夢生の問いにそう答えた後、じゃ、と片手を上げて、漱太郎は圭子のいるカウンター席に戻って行った。

「ふん、ずるいわ。やっぱり、シゲ子ばっかりいい目を見てる。ダレ専め！」

まあまあ、と夢生がジュリ子の意地悪な物言いをたしなめながら目をやると、シゲは、何かに耐えているかのように唇を固く結び、その頬は、別に辱めを受けた訳でもないのに、紅潮している。

夢生は、にわかに胸騒ぎを覚えた。心穏やかさを奪うその感覚は、これまで知っているものとは異っていたので、彼は慌てた。

漱太郎絡みで心の平穏を乱されることは沢山あったが、それらのほとんどに女が関係していた。彼の劣情を刺激して、彼の嗜虐性を剝き出しにして、彼に自分を汚させる。無意識の内に、彼をけだものに仕立て上げているくせに、自らを被害者と信じて疑わない女たち。主に、彼の告解の中で姿を現わし、夢生の部屋に置き去りにされて行く、あの忌々しくも、こちらの羨望を煽って止まない女たち。彼女らを受け入れることによって、自分は、愚かなくらいに、一喜一憂して来たのだ。

今、夢生は、自分の嫉妬心に埋まっていた触角が、ぴんと立ったように感じている。これまで漱太郎に接した男たちに、そんなふうに反応したことはなかった。自分を通じてゲイの人々と知り合う機会は多々あっても、彼は、常に距離を置いていた。かけ離れた世界に住む人間としての態度を崩さずにいた。もちろん、彼に誘いをかけようと試みる者は少なからずいたが、すぐに諦めた。取り付く島もない男に無駄な時間を割く暇などない、と直感で悟ったのだろう。

　漱太郎にとっての特別な男は自分だけだ。夢生は、そう自負していた。ゲイであろうとなかろうと関係ない。自分が自分である限り、彼は必要としてくれる。その自信が揺らいだことはなかった。

　では、何が、今、こんなにも心をざわめかせているのか。

　シゲは、体の関係を結んで、なお、夢生の欲望の捌け口のままではいなかった数少ない男のひとりだった。漱太郎のせいになどしないで、素直に肌をこすり付けることが出来た。力を合わせて、発散し合ったという思いが残った。そして、その直後から育ち始めた友愛めいた感情。彼には、ぼくみたいなところがある、と感じる時があった。そのささやかで幸せな思いつき。それこそが、今、夢生を落ち着かなくさせているのである。まさか、ぼくの代わりにはならないよね？

　そうひとりごちた瞬間、夢生は自身を恥じた。自分よりはるかに年下のガキ相手に、何を気弱になってるんだ。漱太郎と自分との間に誰も入り込む余地がないのは、とうに解っているというのに。何のよりどころもないやきもち。みっともない。けれども、そう感じてしまうのは、自分が、シゲを認めている証拠だ。ひとりの人間に一途になれる才能を、きっと彼も持っている。あらかじめ、それを捨ててしまいがちな仲間たちの中で、彼だけが。

「ユメ！」圭子に手招きされてカウンターに戻ると、彼女がじれていた。

「もう、何、ぼんやりしてるの⁉ 私、ちょっと、そこまで、紹介のお客さん、迎えに行って来るから、ここ、お願いね。あ、坂井くん、次、ボウモア、だって」

夢生は、カウンター内に入り、アイスピックで丸く削られた大きな氷をロックグラスに入れた後、水ですすいだ。

「シングルでいいの？」

夢生の素っ気ない口調に、漱太郎は、怪訝な表情を浮かべた。

「ユメ、なんか怒ってるの？」

「別に」

「いや、怒ってるな……っていうより、拗ねてる？」

「なんで拗ねなきゃならないの」

目を合わせないまま、ウイスキーを注ぐ夢生を見詰めながら、漱太郎は、解った、と呟いた。

「何が解ったっていうの？」

「断りなしに、シゲくんに妹を紹介したから、むかついてるんだろ？ ユメに会わせたことなかったもんな」

「そうじゃないよ」

「じゃ、なんだよ」

夢生は、カクテルスプーンを握り締めたまま、横を向いた。

「ユメ、ちょっと、髪、伸び過ぎてるんじゃないの？　今度、部屋行った時、やってやろうか？」

漱太郎は、夢生の部屋を訪れている時、気が向くと彼の髪を刈ってくれる。バリカンに九ミリのアタッチメントを付けて仕上げた長めの坊主頭は、美容院でやってもらう時のようにスタイリッシュとは行かなかったが、こざっぱりとして清潔感があると、周囲には評判が良かった。圭子を始めとする女たちからは、素朴な少年みたいだと誉められ、ゲイの仲間たちからは、軍服が似合いそうで、ぞくぞくすると舌なめずりされた。

漱太郎は、と言えば、自分の床屋の腕に何の評価も与えていなかった。高校の時と同じようにすればいいんだろ、と彼は言った。床屋代を浮かせてやるから、とも。彼の中では、散髪代にも事欠いていたあの頃の夢生のイメージが、そのまま保たれているらしかった。

暇つぶしとは、じゅうじゅう知りながら、夢生は、漱太郎に頭をやってもらうひとときが、この上なく幸せだった。バスルームに促され、上半身裸で空のバスタブの縁をまたぐような形で腰を降ろす。そして、充電を終えたバリカンを手にした漱太郎が入って来て、自分の頭頂部をがしりとつかむ時、昔、観たことのあるロボトミーの映画のシーンを思い出すのだ。固定された頭に強烈な電気が流され、ショック療法を施されるあの場面。どうにでもしてくれ、と自棄《やけ》になる。どうせ逃がれられないんだ。そう囚われ人の我身を意識してみるけれども、やがて頭を這い始めるのは、ショック療法の強い電気など及びもつかない、柔らかな震動。そして、温かな指先。もう少し、下を向いてみな、と声がする。そこには、何の思惑もない。ただ頭皮を傷付けないために気をつかってくれているのだ。ああ、と夢生は不意に泣きたくなる。予期しない瞬間に差し出される日々の糧。自分は、この人に翻弄され過ぎている。でも、心に決めた男に手玉に取られたままの人生って、どうして、こんなにも、幸せなんだろう。退屈という代物を見事に遠ざける。

「いつ部屋に来るっていうの?」

「そんなの、まだ解んないよ。ま、ユメの頭が見苦しくならない内に、かな」

「ぼくは、どんな髪形でも見苦しくなんかなんかないない」

漱太郎は、カウンターに頬杖をついたまま、夢生の不貞腐れた態度を見咎めた。

「なんだよ、感じ悪いな」

だって……と言いながら、夢生は口ごもる。唐突に、バリカンを扱う時の漱太郎の様子を思い出したのだ。

夢生の前に回って、自分もバスタブをまたぎ、散髪の出来映えを確認していた漱太郎。くわえ煙草のまま、煙に目を細めていた。眉間に刻まれた立て皺が、この上もなく性的だった。そうだ、これに似た表情を、ぼくは、遠い昔に見たことがある。

あの日、漱太郎が帰った後、夢生は、バリカンを洗うべく刃を外した。その後、あれこれと思いを巡らせて、おもむろにスウィッチを入れ、自分の股間に当てたのだった。そして、腰骨に引っ掛けたデニムを通して、存分に、彼の面影にいたぶられることを楽しみ尽くした。

「変なの。ユメ、今度は赤くなってる。だって、何？」

夢生は、慌てて、頭から妄想を追い払った。

「……だってさ、シゲに頼みごとしたいんなら、ぼくを通してくれたっていいじゃない。他のゲイの子に関してだったら、そうするでしょ？　それなのに、直接、シゲに話をつけたりして」

漱太郎は、不可解そうな顔で、夢生を見詰めていたが、やがて吹き出した。

「あ、おまえ、妬いてたの？」

「……まあね」

漱太郎は笑い出した。夢生は、そんな彼をいかにもわざとらしいと感じて、舌打ちをした。知っていたくせに。

「仕方ないだろ。今、すぐ頼んで欲しいって、貴恵子が泣きそうな顔するからさ。あいつ駄目なんだよ。ほとんど引きこもりで、人とコミュニケーション取れないの」

「でも、学校で教えたりもしてるんでしょ」

「どうにか、ね。だけど、帰って来ると寝込んでるらしいよ。ずっと、実家にいるんだけど、このままじゃ社会性が失くなるって言うんで、親が無理に通わせてんの。週に何回かなんだけど。大学？　そんなんじゃないよ。親戚がやってる美術学校」

「でも、すごいじゃない。絵描きさんなんてさ」

夢生が感心したように言うと、漱太郎は、少しの沈黙の後、微笑を浮かべた。

「絵描きさんか……いいね。その言い方。ノスタルジーを感じるな。貴恵子に、良く似合ってる」

「ぼく、妹さんの名前も知らなかったんだよ。ケイから聞かされて恥かいちゃった」

「なんだ、また、やきもちか」

違う、と反論しようとしたところで、ジュリ子たちのグループが腰を上げたのに気付いた。皆、口々に、別れの挨拶を投げかけながら、カウンターの脇を通り過ぎて行く。

「漱さまー、またねー」

音を立てて、投げキッスを送るジュリ子の後に続いて、シゲが会釈をした。

「シゲくん、あの話、よろしく頼むよ」

漱太郎に、はい、と小さく返事をするシゲの頬は、もう赤くはならない。我ながら、おかしな取り越し苦労をしたものだ、と夢生は大人気ない自分を後悔したが、それでも、胸の奥底でくすぶる不安は去らない。何故なら、店が静けさを取り戻した後、漱太郎が、ぽつりとこう呟いたからだ。

「あの子は、いい、ね」

ジュリ子たちが去った後、入れ違いに、圭子が客を連れて戻って来た。

「あー、あのうるさいおかま軍団、やっと帰ったのねー。良かったー、初めてのお客さん、びっくりさせないですんで」

「藤崎さん、それ差別」

漱太郎が立てた人差し指を横に振ると、圭子は肩をすくめた。

「すみませんね。あなたみたいな博愛主義者じゃないもんで」

「おれ、そんなんじゃないよ、な？　ユメ」

博愛主義者だよ、と夢生は思う。元々、博愛なんて、ろくでもないものなんだ。そう、万人受けする、当り障りのない、つまらない洋服みたいな。問題は、それをめくった時に何が現われるかということ。その点、漱太郎は、まったくぼく好みの裏地を持ちつつ世間を裏切っている。

「ほら、ユメだって、答えに困ってるじゃない。あ、そうだ、この間、同窓会の通知が来たんだ、高三の時のクラスの。あんたたち、そういうの、やってる？」

「やってるみたいだけど、行ったことないな。ユメは？」

圭子の問いに答えた後、漱太郎は、夢生を見た。

「行く訳ないよ。だいたい、誰も、ぼくの住所なんか知らないよ」

三人は、高校最後の年を別々の教室で過ごした。漱太郎は、成績上位者だけで占められる特別クラスだったし、圭子は、有名私立大を受験するための文系クラスにいた。そして、夢生は、優秀な生徒たちとは別の、その他大勢のクラスに押し込まれたが、進学を諦めた彼は、ことさら勉強をすることもなかったので、あまり学校には行かなかった。漱太郎とは、既に、校外で会う関係になっていたから、それでかまわなかったのだ。

「ユメはともかく、坂井くんが出席しないと、みんながっかりするんじゃないの？」

「そうかもしれないね。でも、おれ、もう誰の名前も覚えてないから」

「これだよ。この男の冷たい正体を、あの頃のみんなに教えてやりたい。言っとくけど、私とユメだけは気付いてたんだよ。誰からも好かれる坂井くんを胡散臭いって感じてたんだから。ね、ユメ、そうでしょ？」

漱太郎は、圭子がまくし立てるのを、さも愉快そうに聞きながら、夢生に目配せした。

「ぼく、ケイと男の見方、違うから」

しれっと、そう言う夢生に、圭子はいきり立った。

「きーっ、何よ、裏切り者！　結局、男に寝返るのね」

まあまあ、と漱太郎がなだめていると、テーブル席の客のために、ウェイターが圭子を呼びに来た。

「やっぱり友情より男を取るんだ。やーね、女って」

冗談めかした捨て台詞を残して、圭子がカウンターを離れると、漱太郎は、呆れたように言った。

「何が、友情より男だ。友情より、おれ、だろ？」

見詰められて、つい、夢生は頷いてしまう。

「ユメの中で、男と、おれ、の間には天地の差があるってのに、あの女、まだ気付かないのな」

「気付かなくていいよ」

「そっか」漱太郎は立ち上がった。

「そうだな。どっちにせよ、ユメは、おれのユメだ。じゃ、勘定してくれる？」

漱太郎が帰った後、店は急に混み始めた。馴染みの客に声をかけ、飲み物を作り、訪ねて来た知人と談笑しながらも、夢生は、突然、耳の奥に注がれた砂糖水のようなフレーズを、幾度も鼓膜に流して響かせている。ユメは、おれのユメだ。たとえ、どんな悪事に手を染めようとも、ぼくだけは、永遠に彼を許すことを、ここに誓う。だって、漱太郎は、ぼくの漱太郎なんだから。そう決意すると同時に、それまで澱のように沈んでいたシゲの残像は、跡形もなく消えた。

　イヴェントの多い三月から四月にかけては花関係の仕事が忙しく、夢生は、なかなか顔を出すことが出来なかったが、相変わらず、シゲがジュリ子たちと連れ立って頻繁に店に通っているのは、圭子を通じて知っていた。彼女は、毎日のように電話やメールで店の客や従業員に関する愚痴を伝えて来たが、うるさいとは思わなかった。むしろ、頼りにされている感じがして気分が良かったくらいだ。思えば、彼女は、昔から、自分を心強い存在として扱ってくれた。一緒にいるだけで、生きている意味があると教えてくれるのだ。未来が明るく開けていると錯覚させながら側を離れないでいてくれる人間。それを親友と呼ぶなら、自分の親友は彼女以外にいない。

「ユメが店に出る回数が減るのはつらいけどさ、絶対に、そっちを優先しなきゃ駄目だよ？」

「大袈裟だなあ。来月になったら、また暇になるんだから、クビにしないでよ？」

「ま、考えてやっても良かろう……あ、そういや、この間、シゲちゃん、ひとりでうちに来たよ。で、その少し後に、坂井くんも来て、一緒にテーブルで話をしてた」

「へえ」

夢生の内に、もう嫉妬めいた感情が湧くことはなかった。彼は、漱太郎を信じると決めたのだった。いや、漱太郎と共有する何かを。いきなり信仰を持った人のように動じなくなった自分がおかしくてたまらなかったけれども。

「へえって……なんか、変じゃない？　カウンター空いてるのに、すいてる店の隅っこでこそこそ話してさ」

「そうかな？　妹さんの絵のモデルになるとかどうとかって話じゃないの？」

「それにしちゃあ、ひそひそ、ひそひそ。私が近付くと、ぴたっと静かになるし。やだなー、坂井って、ほんと、昔から何考えてるか解んない」

夢生は苦笑した。

「ケイ、高校ん時は、解りやす過ぎてつまんないって言ってたじゃない？」

「あんたもね」

「でも、ぼくは、ケイより、ずーっと早くに、何考えてるのか解んない漱太郎の魅力に気付いたんだって。だから、あの頃、好きだった」

好きだった、か。親友に嘘をついている、と夢生は心苦しくなった。でも、嘘なら、もう、とうに塗り重ねている。彼女を心配させないためだけにある嘘だ。

「まあ、いいや。坂井くんもシゲちゃんも、ユメの大事な友達であって、私のじゃないもんね」

圭子が、そう言って電話を切った後、夢生は、つくづく不思議だと首を傾げる。彼女の定義付ける友達とは、どのようなものなのか。自分を、あっと言う間に親友として認めてくれた彼女なのに、他の男たちは、ただの友達としてすら扱っていないようだ。

このところ、夢生の仕事は順調に進んでいた。花の方に専念しない彼に、師匠は、いつも不服気であったが、有能なアシスタントであるのは認めてくれていた。あなたに自由を与えているのは、それだけ信頼しているということだから、という言葉に、彼は、よく応えた。師匠もゲイであったが、二人の間で、共通のセクシュアリティに関する話題が持ち出される余地はなかった。対峙する時には、いつでも、張り詰めた空気の中で、仕事に向けての敬意だけが互いを行き来していた。自分は正しい選択をした。夢生は、若い頃にないがしろにしてしまった真摯さを、損得のないこのような形で取り戻させてくれた人に、心から感謝した。本当の意味で人の面倒を見るというのは、こういうことなのだ、とつくづく尊敬の念を抱くのだった。

忙しさに、ようやく区切りがついて、ほっとする日々が訪れた時、珍しくシゲから連絡があった。いつも、用事は、圭子の店で会う時に伝え合っていたので、そちらではなく、直接、夢生の電話番号を使うのを不思議に思い、理由を尋ねた。

「あの、K's barじゃないところで話したいんですけど」

「なんで？　ケイに聞かれたくない話？」

「いえ、そうじゃなくて……店に漱太郎さん来ちゃうかもしれないし」

漱太郎の名前が出た瞬間、夢生は、心穏やかではなくなった。声を忍ばせて、その名を使えるのは、自分以外には有り得ない。少しばかり関わりを持ったからといって、いい気になっているのか。

夢生は、腹立たしさを感じながらも、久々に顔を出す予定のK's barにほど近いカフェを指定して、シゲに会うことにした。

待ち合わせ場所に出向くと、既にシゲは来ていて、外のテーブルに座っていた。椅子に浅く腰掛け、足を行儀悪く組んで、背もたれに体を預けている。けれども、その格好が、決して、だらしなく見えない。周囲の外人客の中に、粋がるでもなく、悪ぶるでもなく、自然な様子で溶け込んでいる。カフェの喧噪のすべてが、彼を引き立てるための背景として、用意されていたかのようだ。売れっ子か……。夢生は、改めて、彼の商品価値について納得した。

夢生に気付くと、シゲは立ち上がりかけたが、夢生は、それを制して自分も腰を降した。そして、ギャルソンに飲み物を頼んだ後、シゲを見詰めて、おもむろに口を開いた。

「で？」

「あ……えっと、何から話していいのか……」

「前置きが必要な話？」

自分の口調に棘があるのに気付いて、夢生は、決まりが悪くなった。これでは、まるで、仲良しに近付かれて駄々をこねる子供ではないか。彼は、年上の友人らしく、にこやかに話を聞いてやろうと努めた。もっと、余裕を見せて、漱太郎との絆の強さを知らしめなくては。と、そこまで思ったら笑い出したくなって来た。あの男は、本当に、ぼくを、高校時代同様、浅はかなガキに引き戻す。

「……ユメさん、機嫌がいいんですか？　悪いんですか？」

シゲが、不気味なものを見るように、こちらを見ている。夢生は、咳払いをして、平静さを取り戻した。

「別に、普通だよ」

「そうかなあ」

「あのさ、そんなこと、どうでもいいでしょ？　話って、何？」

シゲは、手にしていたウォッカ・ソニックのグラスを置いた。圭子の店でも、いつも、それを飲んでいる。

「この間、漱太郎さんち、行ったんですよ。庭の桜が満開だから、花見しようって」

覚えのある胸騒ぎが、久し振りに、夢生を襲った。漱太郎に話しかけられて赤面したシゲを見て以来だ。もうその種のことでは動じない、と心に誓った筈なのに。でも、花見についてなど、自分は、ひと言も聞かされていない。

「桜、散りかけだったけど、綺麗だったな。控え目な花吹雪って感じで。すごく雰囲気のあるうちですね。漱太郎さん、着物を着てて、すごく格好良かった。泉鏡花《いずみきょうか》の小説とかに出て来そうだった。あれでノンケなんて。惜しいな」

夢生の胸が、重苦しいもので塞がれた。既に、胸が騒ぐという段階ではなかった。嫉妬していのだと認めざるを得なかった。それも、ゲイの男への初めての激しい嫉妬だ。

「漱太郎さん、バカラのグラスに日本酒を注いでくれて。『石の花』っていう、すごく高価なものらしいんですけど、紺色の綺麗なボトルに入ってるんですよ、それが。ユメさんもいればなあって思ったけど、仕事が忙しいんじゃ仕様がないなって」

「……良かったじゃない。特別なもてなし受けて。漱太郎も、ぼくの代わりにシゲがいてくれたから楽だったんじゃない？　あそこの子供たち、手が掛かるでしょ？」

「子供か……、そういや、いたな。でも、目に入らなかった。あの人ばっか見てたから。桜の花びらが浮かんだグラスを陽に透かしてたのに見とれてたら、あの人も、こっちを見て笑ったんだ。そん時、しまった、落ちたって、思った」

夢生は、もう、こらえることが出来なかった。彼は、あおざめた表情で、グラスに残っていた白ワインを飲み干し、立ち上がった。

「話したかったのは、そういうこと？」

明らかに怒気を含んだ夢生の声に呆気に取られて、シゲは口を開けたまま、彼を見上げた。

「言っとくけど、ぼくと漱太郎の間に、おまえなんか入る余地はこれっぽっちもないよ。ちょっとくらい情けをかけられたぐらいで、得意になりやがって！」

「……ユメさん」困惑し切った調子で、シゲは、続けた。

「ぼくが恋に落ちたのは、漱太郎さんじゃなくて、妹さんの方ですよ。貴恵子さんですよ」

きみは、自分の妹とウリ専ボーイとの間に、突然、芽生えたものについて、知る術がなかった。初めに心を弾《はじ》かれたのは妹の方だったろう。薄暗い圭子の店の中で、その男に当たるスポットライトが、彼女にだけは見えた筈だ。そして、これきりにしてはならないという動物的な直感に突き動かされて、兄にすがった。本当は、絵のモデルなど口実にすぎなかったのではないか、とぼくは推測する。たぶん、どんなこじつけでも良かったのだ。もう一度、彼に会えるならば。ただ再会したい、と切に願ったのだろう。けれども、きみは、その切羽詰まった思いに気付くことなく、単なる気まぐれな申し出として受け取り、呑気に承諾した。ああ、ぼくが、もしもその場にいたなら、彼女の目の色を見て即座に悟り、きみに注進したことだろう。大怪我も厭わない恋の領域に、きみの大事な人は足を踏み入れようとしているよ、と。

きみは、タカをくくっていた。自分の目の届く場所で支配出来ない代物などない、と信じ込んでいた。でも、実は、人の本心というものは、まったく巧妙に肉体の行いの下に潜伏する。それが重大事であればあるほど、素知らぬ顔を作ることが出来るのだ。

シゲが男しか愛せない人間だというのは通説だ。誰も、それをくつがえそうともしない。何故なら、どうだって良いことだからだ。もし、きみが、あの世界に精通していたら、いくつかの理由から、彼を妹に近付けなかっただろう。ウリ専の男がゲイばかりではないこと。客には女も少なくないこと。そして、性に金を介在させるのに慣れている彼らも、不慮の事故のような恋に身をやつす場合もあるということ、などなど。

いや、たとえ、きみが、それらを念頭に置いていたとしても、無駄だったかもしれない。

桜散るあの庭で、一組の男女が見詰め合い、瞬時に互いの内に生まれたものを理解し合った。そのことを、きみが、見破れなかったのは、何故か解るかい？　それは、きみが、一度も恋の奈落に落ちた経験がないからだ。どんなに聡《さと》い人間にも見えないものがある。それは、体感したことのない愚鈍どもの幸福。それを他者によって与えられる時、ぼくたちは、恋に落ちた、と形容するのだ。

シゲは、ぼくを打ち明ける相手に選んだ。密造するには量の多過ぎる甘い酒を、こちらに横流しするような調子で。

ぼくは、きみに、そのことを言わない。シゲに頼まれたからというのもあるが、それだけでもない。彼の口から、これまで、まったく知らなかったきみの一面を知らされて混乱しているからだ。彼は、こう言った。ぼくは、漱太郎さんが恐しくてたまらない。最初に、その言葉を耳にした時、ぼくは、ぎょっとした。あの、ぼくだけしか知らない筈のきみの悪事について言っていると思ったのだ。でも、それが勘違いだというのは、すぐに解った。そりゃあ、そうだ。妹が知っているなんて有り得ないし、万が一、気付いていたとしても、それをシゲに伝える訳がない。それでは、いったい、何がそんなに恐いのか。ぼくの問いに、彼は、答えた。あの人は、自分の妹の心に、まるで、ドリルで穴を開けるような真似ばかりして来た、と。

ぼくには、まだ、その意味が解らない。その先を問いただそうとしても、シゲは、口をつぐんだままなのだ。

妹が、きみにとって、そんなにも重要な位置を占めているなんて、どうして教えてくれなかったの？　でも、たぶん、ぼくに言えないことは、他の誰にも言えないこと。それは、ひとりで抱えるには重過ぎるものではないの？　尋ねたくてたまらない、いくつもの疑問を口に出さずに必死にこらえながら、ぼくは、普段通りに、きみを部屋に招く。そして、きみの話し出すことに耳を傾け、あれこれと気を揉んでいるように見せかける。でも、漱太郎、ぼくは、本当のところ、言いようのない不安でいっぱいなんだ。そして、その気持が、ますます、ぼくを、きみの側に傾ける。自分の行く末ではなく、きみの行く末を思い煩う時、すべてを投げ打ってもいいなあ、などと夢見てしまうんだ。その夢からは、甘苦い焦がし砂糖の匂いがする。それは、もっともっと熱を加えられ、ぼくに貼り付いたままのカラメルに姿を変えることだろう。

「なあ、ユメ、おまえ、猫って好き？」

こちらの気持も知らないで、きみは、そんな呑気なことを聞く。

「……飼ってみたいと思ったことはあったけど、うちでは、そんな余裕もなかったし……嫌いじゃないけど、良く解んない。漱太郎は好きなの？　家にいたっけ？」

「実家で飼ってたよ、犬も猫も。犬は、今でもいるな」

「猫は？」

「二匹いたんだけど、遊んでたら死んじゃった」

「……殺したんだね」

ぼくが言って、きみの顔色をうかがうと、笑い出す。

「なんで、おれだと殺したって思う訳？　あんまり可愛いから遊んでたら逃げようとするんだもん。だから、つかまえて、もっと遊ぼうとしたら、また逃げた。その様子が、また可愛くてね、明日も遊ぶんだって思ってたら、次の日、死んでたんだよ。でも、おれが殺した訳じゃないよ。通りに出て、車に轢かれてたんだよ」

「それ、漱太郎から逃げようとして、道に飛び出したんじゃないの？」

「そうなのかなあ。だったら、逃げないで、おれのなすがままになってりゃ良かったのにな」

「もう一匹の方は？」

「あれは、おれが悪いかな。犬みたいに散歩させてやろうと思って、首輪して、紐を付けて引っ張ったら、別の方向に走って行っちゃってさ、そっちは川だから危ないって思って、ぐいぐい引いたら、土手で動かなくなってた」

ずい分、のんびりと話しているけれど、本当は、激しいいたぶり方をしたに違いないと、ぼくには予想がつく。きみは、猫に対しても人間に対しても、それを欲する時には平等なのだ。たとえば、きみに傷付けられた女が、見えなくなった未来に絶望して行き倒れたら、首を傾げて、こう呟くだろう。車に轢かれた猫とおんなじになっちゃったんだ？

ぼくは、そうだね、と同意するしかない。タイヤでつぶされた猫も、もがきながら息絶えた猫も、ぼくが脳みその中で弔ってやろう。きみの言の葉によって差し出される生け贄を、まだ息のあるなしにかかわらず、そこに安置して、死亡証書を交付する。死因、轢死、もしくは、窒息死。ぼくは、記憶の中に、きみのためのモルグを設《しつら》えたのだ。ずい分と、昔に。

「あ、そう言えば、桜の時季に、シゲくんを呼んだよ」

知ってる、とは告げなかった。

「妬かないの？」

きみは、試すように、ぼくに視線を送る。

「妬くよ」

それを聞いて、きみは、嬉し気にぼくの頬を両の手ではさんで、乱暴に、二度三度と叩く。楽しんでいるのか、とぼくは、その子供っぽさに呆れてしまう。でも、もっと見たい。ぼくは、本気で嫉妬しているかのように振舞ってみる。

「漱太郎と、桜、ぼくだって一緒に見たかったよ」

「おれは、ユメとなら、金木犀《きんもくせい》の香りを嗅ぐ方がいいな。秋に呼ぶから来いよ」

「うん。おっきい木が庭にあったね」

「桜の木もでかいんだよ。前に見たろ？」

「うん。あれが満開になったら、さぞかしすごかったろうね」

「気味悪いよ。下に死体が埋まってるとかどうとかって、昔、小説家が書いていただろ？本当かもなって思っちゃう」

本当かもしれないよ、とぼくは言って、どういう訳か泣き出したくなる。

「シゲくんは、貴恵子にうってつけだね」

「どうして？」

「だって、あの子とどうこうなる可能性なんかないだろう？」

「どうこうなっちゃ駄目なの？」

「駄目」

「どうして？」

ぼくの再三の質問に、きみは、きっぱりと答えて、有無を言わせない。

「そういう決まりだから。でも、貴恵子には、男を好きになってもらいたいんだ」

「どうして？」

また、聞く。

「あの子、男を思ってる時、すごく、いじらしくて可愛らしいから。それを見たくてたまらない」

轢かれちゃうよ？　と、ぼくは思うが、口には出さない。罪と罰の在り処に気を取られながら、知らず知らずの内に、またもや、いたずらに砂糖を焦がすのみ。

シゲと貴恵子の恋は、夢生以外の誰も知らないところで、ひっそりと育くまれて行った。二人は、自分たちの関係を本当に秘密にしたがっていた。そのため、逢瀬の場所にも、ひどく気をつかっているようだった。シゲは、ウリ専仲間と部屋を共有していたし、貴恵子は、いまだに両親の庇護の下にある。もっと稼いで、誰も知らない遠くに逃げたい。そして、二人きりで自由に暮らしたいという言葉が、シゲの口を衝いて出るようになった。

それを耳にするたびに、夢生は、信じられない思いでシゲをまじまじと見詰めてしまう。この男、どうかしてしまったんじゃないのか。逃避行して愛の巣でも作ろうと言うのか。そんな陳腐な夢物語を語る奴だったなんて。だいたい、今、足を洗って、いったい何が出来るというのだ。それも、あの一度も自活したことのない、とうの立ったお嬢さんを連れて。もの珍しい身分違いの恋に逆上《のぼ》せ上がっているだけに決まっているのに。

そう心の中で毒づいた途端、夢生は、恥ずかしくなる。そんなことを言えた義理か、と気付いて慌てるのだ。自分だって似たようなものだ。漱太郎のための誰も知らない懺悔室を作ったつもりになり、そこに永遠の結び付きを夢見ている。罪を懺悔するべき当人は、話し散らして気を楽にしているだけだというのに。陳腐な夢物語を追いかけているのは、自分も、まったく同じではないか。

それを承知しながらも、ついシゲに底意地の悪い思いを抱いてしまうのは、彼の変わりようが、あまりにも急だからだ。自分のように、長年かけて培って来た夢物語に比べて、速度が速過ぎる。もっと、ゆっくりおやりよ、とたしなめずにはいられなくなる。それほど、彼は、急激に変わってしまったのだ。

これまで、夢生とシゲは、自分たちの過去についてなど、ほとんど語り合ったことはなかった。けれども、今、シゲは聞きたがる。そして、こちらが望んでもいないのに話したがる。

「ユメさんの初体験って、どんなだったんですか？」

この間、圭子の店のカウンターで、二人きりになった時に尋ねられた。

「なんで？」

シゲは、夢生の憮然とした口調に一向に気付かない様子だ。

「相手、男？　それとも、女？」

「……男だけど？」

「あ、一緒だ。でも、なんで男だったんだろうな。最初から女で、男ともやれる体なんだって知らないままで来たら、どういう人生が待ち受けていたんだろう」

「ここにいないんじゃない？」

そして、貴恵子とも出会えていないよ。ここのところ、とみに饒舌になったシゲを持て余しながら、夢生は声に出さずに吐き捨てる。これまで眠っていた言葉の数々を紡ぎ出して外に放らずにはいられないかのようだ。そして、それらをどかして空けた場所に、貴恵子への想いを綴るのだろう。彼は、大事な言葉を寝かせて置くためのスペースを大急ぎで確保しようとしているのかもしれない。

「ユメさん、ぼく、彼女に会ってから、つくづく思うんですよ。セックスの初体験と初恋って、全然、別物なんだなあって」

「一緒の人もいるんじゃない？」

「そうかな？　でも、後で考えると、あんなの恋じゃなかったって思うんじゃないかな」

それは、そうだ、と夢生も思う。漱太郎にのめり込む前に経験したいくつかの胸焦がす思いは、そのたびごとに恋の定義を塗り替えた。これが本物、と新しい熱に浮かされる都度、感じたものだ。本当の本物に出会うまでは。

「こういうのを恋って呼ぶのかなあ、なんて、あやふやな疑問を持つ時って、そうじゃないんですよね。落ちたら、すぐに解るもんなんだ。あまりにも強烈で、疑問の余地なんかない」

シゲの言うことは、確かに当たっているが、わざわざ口にされると気恥ずかしくていたたまれない。夢生は、彼のこのような物言いに、まったく慣れていないのだった。

「ねえ、シゲ、夢中になってるのは解るけど、そういちいち、恋、恋って言うの止《や》めたら？　こっぱずかしくない？　やるやらないは、日常用語だけど、恋するしないはそうじゃないでしょ？」

「恋って言葉、そんなに恥ずかしいですか？」

シゲの恨めし気な目つきを、夢生は気まずい思いで受け止めた。

「他に言い替えられる言葉が、じゃあ、あるって言うんですか？」

「……絡まないでよ」

すみません、と言って、シゲは口をつぐんだ。むきになりかけた自分にきまりが悪くなったのか、頬が赤く染まっている。その様子をながめている内に、夢生は、この若者がいじらしくなって来た。本当は、いくらでも口に出して良い言葉なんだ。だって、他人から与えられる衝撃のひとつの種類に過ぎないんだもの。ただそれが、武器もなしに人を簡単に征服してしまう得体の知れないものだから、声に出して語るのがはばかられるのだ。誰だって、あっと言う間に骨抜きにされた、だらしない自分を人前にさらしたくはない。多くの人々は、ちまたの流行歌あたりに、その役割を譲る振りをする。

「ユメさん、ぼく、きっと、どうかしちゃったんです。ほんと、言われた通り、恋、恋って馬鹿みたいだ」

「いいじゃない。馬鹿みたいでも」

「ぼく……小さい頃から話すのなんか大嫌いだったのに、急にお喋りになっちゃった。でも、相手になってくれる人、ユメさんしかいない」

「いいよ。好きなだけ話しなよ。なんでも聞いてやるから」

「ぼく、人に聞いてもらいたくなるようなこと、今まで経験して来なかったんだ」

だったら、聞いてやるよ、と夢生は思った。容量以上に注ぎ込まれて、溢れ出てしまった幸せを、ぼくが受け止めてやる。親愛の情を込めて静かに見守って来た、数少ない人間に対して出来る、それが精一杯のことだ。そこには、漱太郎の話をひとしずくも逃がさずに吸い取ろうとする貪欲さとは、まるで違うささやかな願いがある。それは、恋が生む他愛もない幸せのお裾分けに与ること。夢生は、実の弟たちから決して受け取ることの叶わなかった、頼られるという喜びを、今、シゲによって与えられようとしている。

「貴恵子さん、シゲが、どうやって生活してるか知ってるの?」

夢生の問いに、シゲは、一瞬、唇を噛んだ後、答えた。

「……まだ……まだ言ってない」

「……どうするつもり？」

「言う……いつか言わなきゃって思ってます」

途端に思い詰めた表情になったシゲに、不安を覚えないでもなかったが、夢生は、なるようにしかならない、と楽観視していた。今の彼には、打ち明けるか否かの悩みすら、恋の狂おしさを引き立てる材料なのだ。もし彼のすべてを受け入れられないのなら、貴恵子は、それまでの女だということだ。別れる時の傷は深いだろうけれども、その程度の女によって付けられたものなら、すぐに癒えるだろう。何だったら、楽になるまで、自分が舐めてやっても良い。

それよりも、夢生が危惧しているのは、漱太郎が、ひそかに進行している妹の恋について知ることだ。彼には伝えないと選択してしまった自分は、はたして正しかったのか。

夢生の部屋で、彼にせがまれて漱太郎が語る貴恵子は、妹であって、妹のようではなかった。それは、宝物のようでもあり、奴隷のようでもあり、愛玩動物のようでもあった。話を聞いている限りでは、大切にしているのか、ないがしろにしているのかが、さっぱり解らなかった。しかし、貴恵子、と名前を口にする漱太郎の唇の動きに、夢生は、何か特別なものを感じ取っていた。大事な歌の一小節を丁寧に口ずさむかのような、その動き。

時折、喋り過ぎたかと思うのか、漱太郎は、妹との懐しいエピソードを話した後、必ず、こう付け加える。普通の兄と妹だったよ、と。けれども、もう夢生には、そう思えない。誰の耳にも届かない偏愛のメロディが、貴恵子という名に載せられるのを、自分だけは聞いたような気がしているのだ。だって、彼の声のためにあるこの鼓膜が、羨ましくも憎らしい思いで震えた。

だから、シゲとの関係を知られるのが恐い。万が一、漱太郎が傷付くようなことがあったら、と想像するだけで、目の前が暗くなる。夢生にとって、彼は、あくまで傷付ける側の人間であって、傷付けられる方ではないのだ。それは、彼だけが手にしている特権。誰が何と言おうと、自分が与えた。

「ぼく、何があっても、彼女と一緒にいるんだ。そのためには、もっと、どんどん稼がなくっちゃ」

シゲは、決意を固めたかのように、ひとり頷いている。

「あんまり、がんばるんじゃないよ。それより、ウォッカ・ソニック、お代わりは？」

気勢を削がれたように、力なくグラスを差し出すシゲを見て思った。彼が、漱太郎を恐がっているのは、いったい、何故なんだろう。何か具体的な理由によるものなのか。だったら、聞き出しておかなくてはならない。夢生は、ウォッカにクラブソーダとトニックウォーターを注意深く注ぎながら、あれこれと話の糸口を思案した。漱太郎に関して、他人が自分の知り得ない事実をつかんでいるかもしれないと思うと許せない。

「ユメさん、手ぇ、綺麗だ」

シゲが、ライムを切る夢生の手許を見て、言った。

「プロのバーテンダーじゃないとこがいいですよね。なんか、つたない感じがして」

「悪かったね。素人で。うちの店主が人件費をけちってるもんで」

「そんなふうに取らないでよ。そりゃ、プロの手つきは格好いいけどさ、たどたどしさを少し残してるのは、別の意味で魅力的だって言いたかったんですよ。そう言えば、ユメさんは、最近、あそこ握ってる？」

夢生は、グラスを渡しながら、思わず吹き出した。

「何、それ。どういう種類の質問？」

ジュリ子たちの口から出るなら、聞き飽きたと感じる類の話題だが、寡黙と信じていたシゲが、そんなふうに下世話に問いかけるのが、妙におかしい。親しみやすさを獲得したのは良いが、ずい分と俗っぽくもなった。

「だって、ユメさんの浮いた話、全然、聞かないから」

「遊び、止《や》めたから」

「嘘」

「ほんとだよ」

シゲは、探るような視線を夢生に当てた。

「指寂しくないですか？」

一瞬、意味が解らずに、えっ？　と聞き返した。

「口寂しいって言うでしょ？　それと同じ。ぼくの所には、口寂しくて指寂しい人たちがいっぱいやって来る」

溜息をついて、自嘲するように、シゲは続ける。

「前は、そういう客たちに対して何も感じなかったんです……って言うか、むしろ、惨めな奴らと軽蔑してた。そうすると、こっちが金持ってる奴らと同じレベルに引き上げられる気がして。そうなったら、対等な立場だから、嫌なことは断れたし、させてやって良いことだけ、させてた。最初は、態度がでかいなんて言う人もいたけど、その内、みんな、ぼくのやり方に慣れたんです。寂しい人を慰める以上のことはなんにもしない、ぼくのやり方に。ある人からは、楽になれるって言われました。過不足ないって。ぼくのちょっとの軽蔑が、食べ出したら止められない味付けみたいになっていたのかもしれない。でも

「……」

「でも？」

「今、ぼく、あの人たちに同情しちゃうんですよ」

こいつは、もう、プロフェッショナルではなくなったな、と夢生は感じていた。客を軽蔑したのは、下にいる自分を底上げするためのスキルだ。たいていの者は、下にいる自分に甘んじたまま体を売る。けれど、稀に、シゲのような軽蔑の塩梅を鋭い勘で悟って、自らの商品価値を上げるのに成功するプロがいる。同情だって⁉ それは、初めから相手の上にいる者のすることだ。その傲慢を優しさと受け取るほど、客は馬鹿じゃない。この先、彼は、きっと、これまでの上客を逃がして行く。続ければ、ただの売春夫に身をやつすだけだ。ジュリ子たちのように、そこに安住出来れば、それもまた幸せなのだが、でも、彼は。

「シゲは、なんで、貴恵子さんに、そんなに首ったけになっちゃったの？」

シゲは、意外な質問だというように目を見開いた。

「そういうことに理由なんかあるんですか⁉」

「あるんじゃないの？」

「ないですよ！」

きっぱりと言い切った。

「そもそも、人が何かを感じる時に、何か理由なんてありますか？　ぼくは、ないと思う。込み入った映画なんかを観て、どうしても理解出来なくて、もう一度、見直すことってあるでしょ？　そうすると、あっちこっちに伏線があって、ああ、なるほどって思う。でも、そんなの映画の中だけの話ですよ。人の行動に伏線なんかない。衝動しかないんだ。あと、運命しか」

そう言ったきり、シゲは口を閉ざしてしまい、携帯電話を取り出して、何やら操作するばかりになった。

「何よ、喧嘩？」

パーティ帰りのグループ客たちに付いていた圭子が、テーブル席から戻って来て、小声で尋ねた。

「いや、別に」

「ふうん、ま、いいけどね。それより、ユメ、店終わったら、ちょっと、話があるんだけど」

「え？　何？」

後で、と言った後、圭子は、新しい客の気配に気付いて、出迎えるべくドアの方に歩いた。

ジュリ子たちだった。

「あーら、高飛車な女が、ひとり寂しく飲んでるわ」

その声と同時に、シゲの背は丸まり、誰もが知る無愛想な姿を取り戻した。頰杖の手を額にずらし、横目で周囲をうかがう様子は、前と少しも変わらない、不遜な売れっ子そのものに映る。恋がどうのと、青臭い事柄にむきになっていたのと同じ人物とは、とても思えない。

指寂しいとは良く言ったな、と夢生は、シゲの口にした形容詞が忘れられない。指寂しい、口寂しい。そんなのは、どこでだって解消出来る。彼が漱太郎に対して感じる寂しさは、もっと茫漠としたものだ。体寂しい、心寂しい、そして、全身寂しい。もちろん、そうなる自分には、シゲの言う通り、元々、伏線なんか、ない。運命しか。そして、それにつかさどられた衝動しか。

客が引いて、従業員も早目に帰した後、圭子が話し出したのは、この間、出席した同窓会に関することだった。彼女にとっては懐しい人々との再会でも、自分には、まったく意味がないと感じて、夢生は、半分、眠りながら聞き流していた。店を閉めて疲れているのに、わざわざする話でもないだろうと、うんざりしていたのだ。ところが、どうでも良いような前置きの後、いよいよ本題だと言わんばかりに、漱太郎の名が出たので、彼は、即座に目を覚まし耳をそばだてた。

「覚えてない？　一年の時、ユメもおんなじクラスだった立川《たちかわ》ルリ子《こ》」

「誰だっけ？」

「ほら、いつも坂井くん坂井くんって騒いでた……彼、追っかけて、弓道部のマネージャーになった子だよ。坂井と一番近いとこにいるって、自慢してた、ちょっと勘違いの子」

「ああ……」

と合槌を打ったものの、夢生には、その女生徒の顔が、どうしても思い出せない。彼の脳裏に突如として甦って来たのは、ありし日の茶室の陰翳だ。あの、自分のそれからを決定付けてしまった嵐の夕方。決して脱ぐのを許されない快楽と焦燥の拘束衣に身を包んだ日。女がただの道具に成り得るのを、初めて学んだ。女。村山先生。

先生にとっての、あの不幸な事件のきっかけを作ったのが、弓道部のマネージャーのひとりだった立川ルリ子ではなかったか。漱太郎に乱暴されて妊娠した、と泣きながら先生に打ち明けたという女生徒。

「三年になってから、また同じクラスになったんだけどさ、一年の時の騒々しさが嘘みたいに暗ーい喋んない子になっちゃっててさ、まあ、みんな受験で気にするどころじゃなかったし、私も、存在すら忘れてた訳。そしたら、同窓会に来たんだよね。ほとんどの人が、誰だか解んなかったんだけど、自己紹介されて、あーって、思い出して。なんかさ、すごい、目つきのきつぃおばさんになってて」

「ケイだって、目つきのきつぃおばさんでしょ?」

嫌な予感がしたが、わざと冗談めかした。

「うるさいよ。ユメだって、おんなじじゃん。ま、それは、ともかく、彼女、誰とも親しくなかったのに、二次会まで来たんだよ。たいして楽しそうでもなかったのにさ」

「他の人たちは盛り上がってたの?」

「そりゃ、もう。同じ大学行った子たちもいっぱいいたからね。酔っ払っちゃって、高校時代の思い出話は、全然、尽きなかったよ。学祭で、うちの高校のミスター、ミスを決めるコンテストで投票やった時の話とか」

漱太郎は、いつも、二番だった、と夢生は思い出す。彼は、一番を避ける術を常にわきまえていた。

「そうなると、当然、坂井くんはって話になるじゃない? みんな、本当の一番は、彼だよねーって言い出して、それからは、あいつの話題で持切り。あんなに今でも人気がある人だったんだって、私、びっくりしちゃったのよ。それなのに、卒業後の彼のこと、だあれも知らないの。だからさ、私、ちょっと得意になっちゃって、うちの店の常連だって自慢した訳。ほら、ここの客が増える可能性だってあるじゃない？」

「浅ましい女だね」

圭子は、肩をすくめて続けた。

「否定しないよ。でもさ、みんなが羨ましがって、きゃーきゃー言ってる時に、たまたま私の隣に座ってた立川さんが、私にしか聞こえないように、ぼそっと言ったの」

夢生は、目で、その先を促した。

「許さないって。彼女、許さないって言ったんだよ」

圭子は、夢生を見詰めた。彼の方から何か言うことがあるのではないか、と言わんばかりに、しばらくの間、無言でそうしていた。しかし、沈黙が続くのに耐えられなくなったのか、再び話し始めた。

「坂井の話になったら、みんな、楽しい記憶ばっかり甦って来たみたいなのね。あの頃は最高だった、とか言い出して。で、別れ難くなって、もう一軒、行こうって流れになったのよ。そしたら、横の立川さんに、二人で抜けようって言われて」

「行ったの!?」

「行った。で、聞いた」

そう言って、圭子が口をつぐんでから、長い時間が流れたような気がしたが、ふと我に返った夢生の手の中のグラスの氷は、少しも解けていない。

「知ってたんでしょ？」

見据えられて、夢生は、言葉を失う。

「彼女、今、性暴力専門のカウンセリングやってるんだって。その内、本も出すから、坂井くんについて調べたいって言ってた」

「調べてどうすんの？　あんなの、もう昔のことじゃない。馬鹿じゃないの？　その立川とかいう女」

夢生の体が怒りで震えた。彼には、突然、姿を現した立川ルリ子が、たちの悪い害虫のように感じられる。一度は漱太郎に駆除された筈なのに。

「ユメ」圭子は、押し黙ったままの夢生の肩に、労るように手を置いた。

「私が、このことを先にあんたに話しておいたのは、最大限の思いやり。坂井に言うなりなんなりしていいよ。ユメは、私の大事な人だもん。どうするのも、あんたの自由。でも、ここに来るまでの立川さんの長い道のりを思うと、私、坂井のこと許せない」

立川ルリ子は、漱太郎の子を堕胎した後、長期欠席していたという。親に知られないよう事を処理してくれたのが、あの村山先生だというから皮肉だ。それからの彼女の日常は、鬱病とパニック障害との闘いだったらしい。

悲惨だと思わない？　と、当然、同意を得られる筈、という調子で、圭子は夢生を頷かせようとするけれども、彼は、まったく、そんな気になれないのだった。それどころか、無理強いされた性行為ごときで騒ぎ立てる女たちを愚かしいとすら感じている。

「レイプぐらいなんだって言うんだよ。こっちの世界なんて、そんなの日常茶飯事だよ。でも、誰もみっともなく大袈裟にわめいたりなんてしないよ。ノンケ相手じゃなければ、ぼくだってやってる！」

「馬鹿！」

夢生は、思わず片頬を押さえた。圭子にぶたれるのは初めてだった。見ると、打った彼女の方が自分の手をさすりながら泣いている。

「村山先生が、どうなったか知ってる？　先生、学校辞めた後、だんなさんに離婚されて自殺しちゃったんだよ！」

それも知ったのか、と夢生は苦々しく思った。自殺したというのは、彼にも初耳で、驚いた。しかし、心は、ぶたれたせいか、しんと落ち着きを取り戻し、その自殺こそ本当に死ぬために実行されたんだろうな、などと考えている。

「ユメは、全部、知ってたんでしょ？　それなのに、どうして!?　ほんとは、まだ、あいつのことが好きだったの？」

「うん」

「どうして!?」

「だって……」

泣きながら自分の肩を揺さぶる圭子の気持が、夢生には、どうしても解らない。

「だって……漱太郎だよ？」

そうだ。仕方のないことなのだ。理由なんて、ない。漱太郎だから、なのだ。

きみは、生まれ立ての妹を初めて目の当たりにした時、自分と同じ生きものとは認識出来なかった、と語る。最初から四肢が突き出ている白いおたまじゃくしのように見えたのだ、と言う。思わず、おむつの中に手を入れて、まだ残っている筈の尻尾を捜したくなったよ、と笑う。もちろん、母親がするおむつ交換の際に覗き込んで見ると、当然のことながら、そんなものは付いていない。代わりに確認出来たのは、ぽってりとした性器に入った割れ目。今度は、それが、切り込みを入れたお菓子のマドレーヌに見えた。

「つまり、貴恵子の体は、どこもかしこも、まるで、何か、みたいだったんだ」

唇は、桃色のジェリービーンズ。薄い髪の毛は、陽に透かした葉の葉脈。指は、マカロニ、瞳は、ビー玉、よだれは、スライム、というように。好きな遊び道具や食べ物がちりばめられているかのようだった。

それを聞いて、ぼくは呆れる。妹が家に来た時、漱太郎少年は、既に八歳。もう、とうに、女の子という生きものには慣れていただろうに。それとも、妹という種類は違うものなの？

「あの子は、妹という使命を与えられずに、おれの許に届けられたんだよ。初めて見て、それが解ったんだ」

「妹でなければ、じゃ、いったいなんなの？」

「おれだけのために、この世に送り出された稀少動物」

きみは、夢中になって世話をした。それまで可愛がっていた犬たちなど、何の興味もなくなり、じゃれ付いて来られるたびに蹴り飛ばすようになった。御機嫌うかがいをする、その様が、とてつもなく疎ましくなったのだという。その内、犬たちは、きみの姿を見るだけで怯えるようになった。そうなると、かえって追い回したくなる。きみは、逃げる犬たちを棒切れを持って脅かし、時に危害を加えて楽しんだ。当然、家族の目の届かない所で、だ。

妹の面倒を熱心に見るきみは、それが不自然に映らないように気を使った。妹思いの兄という枠から外れていると思われないために、人前では、極力、素っ気なく、自分の遊びに夢中になる振りをした。けれども、誰の目もない所では、けものの親が子の毛づくろいをするかのように、丹念に可愛がった。ミルクを吐けば拭いてやり、残り滓があれば舐め取った。立ちのぼる乳臭い匂いが、体の奥底に染み込んで行くような気がしたそうだ。

「訳の解らない、哀しい匂いがしたんだよ。自分が、この世に生きてるってこと自体が哀しくて仕方がないような。あんな匂いを嗅いだことがなかった。そして、もう、この先もないと思うよ」

「もしも、漱太郎のとこに、次、女の子が生まれたら？　もしかしたら、同じ匂いがするかもしれない」

ぼくの言葉に、きみは、首を横に振り否定する。

「有り得ないよ。あの匂いを嗅ぎ分けるには、おれは、完成され過ぎてしまったから」

ぼくは、つかの間、夢を見る。ぼくの体からも、そんな匂いがすれば良いのに。けれど、どのように、ぼくの気持を調合しても、きみの哀しみに似た香水は作れない。

もちろん、何も理解していない妹は、きみに対してむずかることも多々あったという。大声で泣き続けて止まらなくなってしまったことも。しかし、きみは、少しも気にしなかった。ますます、意欲が湧いたそうだ。何の？　と尋ねるぼくにこう返す。一番、大事なものを教える意欲。

「泣きわめいているのを見ていたら、あんまりにも可愛いのと、憎々しいのとで、握りつぶしたくなったぐらいだよ。でも、こらえて放っといた。あやすなんて、しない。ただ、放置するだけ。そして、ながめているのが、大好きだった。手懐けるのに苦労するちっちゃい動物が側にいるみたいで、おもしろくって仕様がなかった。赤ん坊って、不自由なのな。だって、ひとりじゃ、手も足も出せないんだよ？　人の助けがなかったら、死んじゃうんだよ？　あんなに死に近い生きもんって、ないよ」

きみは、死に近い生きものが好きなんだね、とぼくは納得する。それに餓えている時は、自ら、その状態を作るべく、人間を調理する。何が一番、お好みなの？　肉体の死？　それとも、精神の死？　あるいは、市井《しせい》に生きるモラルの死か。

歩けるようになった妹を連れて、きみは、よく散歩に出た。必死につなごうとする彼女の手を振り解いて、草むらに隠れてしまったことも、たびたびあったと笑う。

「あたりを見渡して、おれがいないのを知ると、まるで世界に見放されたような顔をするんだよ。おれがいないことで、おれが一番大事だって解るんだ。不在が一番の印象を残すってさ、なあ、ユメ、すごいと思わない？　あの時、おれ、たまらなかった。世界の中の主人公になる方法を、ひとつ覚えた」
ある時、小川に落ちた妹を、きみは助けなかった。浅瀬で溺れる心配はないとは言え、彼女は、驚きと恐怖のあまり、水の中で尻餅をついたまま、泣き叫んだ。きみは、川辺で、その姿を微笑みながら見詰めていた。そして、お兄ちゃまお兄ちゃまと助けを求める彼女のために、相応しい歌を歌ってやった。

春の小川は、さらさら行くよ。
岸のすみれや、れんげの花に、
すがたやさしく、色うつくしく、
咲けよ咲けよと、ささやきながら。

その後、きみは、ようやく妹を抱き上げて、乾いた草の上に移動させた。彼女の大きな瞳には、まだ涙がなみなみと張られていたが、もう泣いてはいなかった。まばたきもせずに、きみを見詰めたまま、そのお歌、好き、と言った。
「あ、岸のすみれに、本当になったって思ったよ。いつでも踏みにじれるのに、絶対にそう出来ない、ちっちゃな花」

妹は、春の小川の水で冷えたからなのか、そこに落ちた衝撃のせいなのか、大小便を洩らしていた。それに気付いたきみが小さく叫ぶと、彼女は、再び、べそをかいた。すかさず、大丈夫大丈夫と慰めて、きみは、小さな下着を脱がせた。トイレットに行くことを覚えたばかりで、もう、おむつは取れていた。それなのに失敗したのを、小さいなりに恥じたのだろう。きえこ、おもらししちゃったの、と呟いて目の縁を赤くした。そんな彼女に、きみは、優しく教えた。いいんだよ、これから、貴恵子の汚れは、全部、お兄ちゃまが綺麗にしてやる。

その幼ない宣言が、この先、自分たち兄妹《きょうだい》に寄り添うことになろうとは、その時は、予想もしなかっただろう。

でも、結局、そうなった、ときみは打ち明ける。

小川の水で、きみは、妹の下半身を清めた。今度は尻餅をつかないように、彼女は、中腰になっているきみのTシャツのはしを、しっかりと握り締めていた。

きみは、丁寧に、汚物を洗いながした。切れ目を入れたばかりのマドレーヌのようだったものは、知らない内に太っていた。そこに指を差し入れてすすいでいたら、突然、妹が、のけぞって笑い出した。くすぐったさのあまりに興奮したのか、気が触れたかのように、いつまでも、はしゃぎ声が止まらない。

困惑したきみは、妹を揺さぶった。それでも、笑い続けているので、貴恵子！　と大声で呼んだ。その瞬間、ついに彼女は正気を取り戻したみたいに、ぴたりと静かになり、同時に脱力して、きみに倒れ掛かり、その身を預けた。

「そのまま抱き締めて、じっとしていたら、おれ、泣けて来た。なんでだか、解んなかった。解ったのは、こいつは、おれのものなのに、絶対に服従させられない何かを持っているってこと」

もしかしたら、それは、きみが味わった唯一の敗北感なのではないか。ぼくは、ふと、そんなことを思いついたが、口には出さない。決して、こじ開けられない鍵穴の存在を、漠然と予見して涙する少年の、そのいたいけな姿を想像するばかりだ。でも、同情なんてしない。岸のすみれにされた少女が、ただただ羨ましくてならない。

ぼくは、この部屋で、きみの過去の断片を少しずつ少しずつ与えられる。それらは、ぼくが大事に保管するきみの罪状に重ねられて行き、パイ皮のような層になる。その何とも言えぬ香ばしい匂いに誘われて、つい、さくりと齧ってしまうことがある。その風味。漱太郎、きみの昔語りのおかげで、ぼくの心の舌は、かつてないくらいに、肥えた。

圭子は、自分の知った事実を、漱太郎の前では、おくびにも出さなかった。夢生に対しても話を蒸し返すことなく沈黙している。まるで、何も聞かなかったような振る舞い。それを不気味に感じて、夢生は、尋ねずにはいられない。

「この間のことで、もっと何か言いたいんじゃないの？」

すると、圭子は、別に、と言ったきり黙ってしまう。そして、さらに夢生が食い下がると、肩をすくめる。

「もう、いいの。忘れることにした」

そんな筈はないだろう、と夢生は苛立ちながら、圭子の様子をうかがう。いつものように毒舌混じりで漱太郎と会話する彼女は、いかにも自然で、本当に忘れてしまったかのように見える。いったい何を考えているんだ。夢生は、彼女の心中を必死で探ろうとするが、どうにもままならない。

「ユメ、金木犀、咲いたら、ほんとにうち来るだろ？」

漱太郎は、何も知らずに、そんな呑気な誘いをかけて来る。

「ちょうど上の坊主の誕生日が重なるから、その御祝いも兼ねようと思ってるんだ。貴恵子も来るから、シゲくんも連れておいで」

頷きながら、夢生の胸が、ちくりと痛む。

「プレゼント、何を持ってったらいいかな」

「そんなの、気にしなくていいって」

「でも、それじゃあ……」

そうか、と言って、漱太郎は、息子の欲しがりそうな物をいくつかリストアップした。そして、二人であれこれ選んでいると、驚いたことに、圭子が口をはさんで来て、こう言ったのだった。

「ねえ、私も行っちゃ駄目？」

意外な申し出に、漱太郎は、一瞬、返事に困ったようだったが、すぐに相好《そうごう》を崩した。

「いい男予備軍だからって、うちの子、手懐けようとするなよ」

「男なら間に合ってますから」

「また見栄張っちゃって」

想定外の展開を見守りながら、夢生は、再び思った。いったい、何を考えているんだ。

漱太郎が帰った後、夢生は圭子を問いただした。最初、無言のまま俯《うつむ》いていた彼女だったが、やがて、その執拗さに負けたのか、口を開いた。

「見てみたいの。嘘っぱちの上に作られた幸せな家庭とやらを……悪趣味かな」

夢生は、思わず、かっとして、側にあった果物ナイフを握り締めた。圭子は、少しも動じずに、彼の手許に視線を動かして、言った。

「そんなに好きだったんだ」

夢生の手から力が抜けて、ナイフは床に落ちた。

「でも、解るような気がする」

「ケイに、いったい何が解るって言うんだよ」

「解るよ。ユメのことは、全部解る」

憐れむような目で見詰められ、夢生は唇を噛んだ。

「……漱太郎には、何も言わないで」

「言わないよ。あいつのしたことは許せないけど、ユメが傷付くような真似はしない」

今度は、夢生が泣く番だった。彼は、自分を不憫に感じて、しゃくり上げた。こんなふうな気持になりたくなくて、どれほど心を砕いて来たことか。そう思うと、涙がいくらでも湧いて流れ出た。

「……ごめん、泣くの、今日で最後にする」

「いいんだよ。ユメは女の子なんだもん」

「そんなの、差別だ」

そっか、と言って、低い声で笑いながら、圭子は、夢生の首に手を回して引き寄せた。彼は、親友の肩に頭を載せながら、深呼吸して気を落ち着かせる。凜凜しい女の肩には、涙を吸い取る才能がある。

「ままならない恋が苦しいのは、私だって知ってるよ」

やはり、恋という言葉を口にするのか。何だか、似つかわしくない気がする。そう言えば、ケイは、男と長く続いたためしがないな。自嘲するような響きの圭子の声を耳にして、夢生は、ぼんやりとそんなことを考えている。

漱太郎の家に招《よ》ばれた日は良く晴れた。ほど近い場所で運動会が開かれていたのか、何発か続けて、花火の音が聞こえる。早い時間に腹ごしらえをすませた子供たちは、庭の片隅でベイゴマに興じ、大人は、好きな場所に椅子を持ち出し、てんでにくつろいでいた。

「今のベイゴマって、あんなふうに進化しちゃったのね。きらきらしてる」

「ベイゴマなんて呼ばないんだよ。ベイブレードっていうんだ」

「でも、情緒的にどうなの。ああいうのは、もっとほら、古き良き時代の玩具みたいなイメージを保って欲しいじゃない？」

「そんなこと言って……この中で、誰か小さい頃にベイゴマで遊んだことある人、いるの？」

「はい！　ここにおりますよ」

そう、おどけて手を上げたのは、孫の誕生日を祝いに来た漱太郎の父親である。その横では、車椅子に乗った彼の妻が静かに微笑んでいる。他には、漱太郎の部下も何人か招待されていた。初対面の人々の中、圭子は、商売柄なのか、まったく物怖じすることなく、にこやかに路美を手伝って立ち働いている。反対に、シゲは、すっかり恐縮した様子で、押し黙ったまま、ひたすらビールのグラスを口に運んでいた。時折、側を通る貴恵子に視線を送ることもない。

「今、ベイブレードの選手権もあるんだよ。うちの子も、夏に地区大会に出たんだけどさ、一回戦で敗退して……」

そう説明する漱太郎に、離れた所から、二回戦だよ！　と息子が抗議した。すると、何がおかしいのか、部下やその妻たちから笑いが起こる。

確かに金木犀は満開で、むせるような甘い香りを放っているけれども、どうせなら漱太郎と二人きりで、あの木の下に立ちたかった、と夢生は、もどかしく感じるのだった。しかし、自分と無関係の人々の中心にいて、完璧に社交性を発揮しながら、この上もなく感じ良く振る舞う彼をながめるのも悪くない。自分の部屋に流れる時間との隔たりが大きければ大きい程、優越感を覚えるのだ。

　夢生は、客と談笑する漱太郎の両親に目をやった。裕福な暮らしの余裕が作り上げた快活さを備える父親と、余りある庇護を当然の権利として受け止めて来たに違いない母親。何もかもを容易に手中にして来た人々のように見える。子供が、自分たちの家風をそのまま継承して行くと、信じて疑わないのだろう。格式の中だけに棲む良識によって養われた家風。あの人たちは、その恩恵故のゆとりから、ほとんど慈悲深く見える。けれども、自分たちの価値観から逸脱している者には、きっと容赦がない。ゲイとして生きて来たからなのか、花の仕事で場数を踏んだせいなのか、自分には、その種の人間のにおいが即座に嗅ぎ取れる。

　漱太郎は、いったい、どうして、あの両親の下で、裏の顔を持つようになったのか。そして、何故、貴恵子は、シゲと共に未知の世界に傾倒して行こうとしているのか。

　夢生は、その日、初めて、貴恵子に会った。はにかみながら挨拶をする彼女を見て、彼は、首を傾げずにはいられなかった。もう三十に手が届こうという年齢にしては、あまりにも幼ない印象を受けたのだ。小さくて華奢なその体は、発育不全と呼んでも良いくらいだった。瞳には、年相応の思慮など、何も浮かんでいない。ただ大きく、子供が泣く寸前のように濡れ濡れとしている。漱太郎は、彼女の赤ん坊の頃の目をビー玉と称したが、それよりは、むしろ、飴玉のようだ。いったん、口に入れて、たっぷりと唾液にくるんだ後に吐き出した黒糖の飴のような。そして、その目で、訴えかけるように、こちらを見る。シゲとの成り行きを知る唯一の人間として認識されているのが解る。

その間じゅう、シゲは、決して貴恵子と目を合わせないで、斜め下を見ていた。しかし、夢生は、彼の皮膚の露出された部分が粟立っているのを見逃がさなかった。人がそうなるには、二つの理由しかない。あまりにも不快か、あまりにも快感か、だ。この場合、言うまでもなかった。

路美に呼ばれて台所に走る際、貴恵子は、一瞬だけ振り返って、シゲを見た。その表情から夢生は唐突に理解した。そこには、長い時をかけて圧縮された欲望があった。それは、膿を溜めて熱を持ち、出口を求めて彷徨《さまよ》っている。唇が、切開してくれと言わんばかりに、半開きに割れていた。

何が発育不全なものか。夢生は、自分のおおいなる勘違いに気が付いた。あの、硬く未成熟に見える体の内側には、何か熱いものが溶解して渦を巻いているに違いない。かろうじて制御されて来たそれが、シゲによって行き場を与えられ、自由になったのかもしれない。

「もう、後戻りは無理かもな」

夢生のひとり言など、まるで聞こえないかのように、シゲは、スカートを翻《ひるがえ》す貴恵子の後ろ姿を目に焼き付けんばかりだ。

「シゲ」夢生は、呼んだ。

「大丈夫？」

「はい、平気です。でも、駄目ですね、ぼく。あの人の前だと、所かまわず目が釘付けになる」

その気持は、夢生にも良く解った。彼も漱太郎に出会すたびに、そうなる。けれども、他人の前で、それを悟られない技巧も、長い年月をかけて身に付けた。結果、どうなったか。全身が、目と同じような機能を携えるに至ったのである。今では、もう気配だけで、焦点を絞られた漱太郎の笑顔が背中で像を結ぶ。

いつだったか、それを漱太郎に伝えたところ、彼は、引っくり返って笑った。冗談のつもりはなかったのだが、とむっとしていると、彼は、夢生に片手で目隠しをして尋ねた。

「じゃ、今、おれ、どういう顔してる？」

当てられた手が温かかった。

「親愛の情を浮かべてる」

また、笑われた。でも、おかしがりながらも、漱太郎は、こう言ってくれた。大当たり！

「目だけじゃないんじゃない？　ユメは、色んなとこが、おれのための感覚器になっちゃったんだよ」

そうかもしれない、と頷いたら手を外され、すると、今度は、漱太郎の嘲るような瞳と、この言葉が用意されていた。

「おまえは、それしか能がない下等動物になっちゃったんだよ、ユメ」

それの何が悪いんだ、と夢生は、ぷいと横を向く。夢中になればなるほど、人は幸せに退化して行くものなのだ。

しかしながら、恋に落ちたばかりのシゲに、そんなことを教えても理解出来る訳がない。

「シゲは、見ないようにしながら見る訓練を積まないと。今みたいじゃ、ばれるよ？」

夢生が冗談めかして言うと、シゲは、難題を与えられたみたいに困った顔になる。

「色に出《い》でにけり、でした？」

「そういうこと」

現に、少し離れた場所から、圭子が訝し気な視線を送っている。彼女は、唯一の独身であるという漱太郎の部下を紹介され、持て余したのか、こちらに助けを求めて、合図していたところだった。

「シゲ、ケイとあの男って、どう思う？」

夢生に促されて目を向けたシゲは、うーん、と腕組みをしたまま、ながめている。

「銀行員って、みんな同じに見えるなー。真面目そうですよね。でも、ああいう男を組み伏せたら楽しいかも。ぼくは、お金にならない男とは、もう寝る気ないけどさ」

「シゲ、声、大きい」

「すみません。でも、あの人とケイさんが、どうこうなる絵は見えて来ないな。ケイさんの方が、全然、興味なさそうじゃないですか」

「それもそうだなー。ケイって、どんな男ならいいんだろう。あいつ、男となかなか長続きしないんだよ」

「ユメさん」シゲが物言いた気にこちらを向いたので、目で問いかけた。

「ケイさん、ユメさんが好きなんじゃないですか？」

思いも寄らないシゲの言葉に、夢生は仰天して目を剝いた。

「有り得ないでしょ？　そんなの」

「どうしてですか？」

「だって、ケイとぼくは、高校からずっと、親友同士なんだよ」

シゲは、良く解らない、というように首を傾げた。

「ぼくは、そもそも親友ってもんを持ったことがないから、言う資格ないのかもしれないけど、親友って言葉って、何か色々と誤魔化す時に使われませんか？　お金の貸し借りをする時とか」

「ケイとお金の貸し借りなんかしたことないよ」

夢生が気色ばんだので、シゲは慌てて否定した。

「別に、ユメさんたちが、そうだって言ってるんじゃないですよ。ただのたとえですって。でも、ぼく、なんとなく思っちゃうんだなー。ユメさんはともかく、ケイさん、誤魔化してるんじゃないの？　って」

「なんで、そんなこと。シゲ、ぼくたちのこと、なんにも知らないじゃない」

「そうだけど……」

「そうだけど？」

ようやく解放された圭子が、ふざけた調子で、おかしな表情を作りながら、こちらに向かって来ようとしていた。

「さっきのぼくって、色に出でにけりだったんでしょ？　それと、おんなじ」

「へえ、そんなに鋭い奴だったんだ」

生意気な、と腹立ちまぎれに皮肉を言ったら、返された。

「ぼく、ヘテロの女の気持も解りますから」

そう捨て台詞のように言い残して、シゲは、路美が料理を運ぶのを手伝いに行った。彼と入れ替わりにやって来た圭子が、コロナビールの瓶にライムの切れはしを押し込みながら、笑いをこらえて夢生に耳打ちをする。

「ねえ、休日にパタゴニア着てる銀行員ってどう思う？　特技は、ダッチオーヴンを使ったアウトドア料理。どうよ、この意外性」

「合わないんじゃない？　意外過ぎて。第一、ケイ、あんた、アウトドアの時間に起きられないでしょ？」

「やっぱ、そうだよねー」

少しも残念そうではなく、肩を大仰に落として見せる圭子の姿に、夢生は吹き出した。シゲみたいな子供には、自分たちのような関係を理解する術がない。

「ガキが知ったような口を利きやがって」

夢生は鼻で笑って、その会話自体を、すぐさま忘れた。

漱太郎は、夢生が初対面である客たちに、高校の同級生とだけ紹介した。もちろん、圭子も同様である。長く続く友人関係は宝ですよ、と漱太郎の父は目を細めていたが、そつなくにこやかに応対する圭子とは違って、夢生は、すっかり鼻白んでいた。そんな彼をおもしろそうにながめていた漱太郎は、こっちへ、と目で促した。

「見てみ、すごいだろ？　この金木犀」

「うん。こんなにりっぱなの、見たことない」

ほら、と言って、差し出された漱太郎の握り拳がゆっくりと開かれると、そこには、橙色の細かな花が、手の平の湿り気で、いくつも凝縮されている。それらは、夢生の目の前で振り落とされ、ほろほろと解《ほど》けて、ますます匂い立つ。

「おれの親たちって、いけ好かない奴らだろ」

「……そんなことないよ」

ふふっと笑って、漱太郎は、グラスを口に運んだ。

「ユメが、どう感じてるかなんて、解るって。あの人たちって、人格者なんだよ。そのことに、何の疑いも抱かない馬鹿。今日、来てないけど、兄貴もそう。親のクローン」

「漱太郎は、どうして、同じようにならなかったの？」

「だって、おれには才能があったから」

傲慢さを滲ませることもなく、漱太郎は、さらりと答える。こんな調子に慣れっことは言え、ずい分と思い上がったものだと呆れて、夢生はたたみ掛ける。

「どんな才能？」

この期に及んで、ずい分と当り前のことを聞く、とばかりに、漱太郎は苦笑した。

「どんなって……罪の意識を持たないですむ才能に決まってるだろう？　なんだよ、今さら。ユメのくせに」

そう言う漱太郎に頭を小突かれながら、夢生は、遠くでなごんでいる客たちを目のはしで意識する。そして、やんちゃな少年時代を共有した仲間に見えるよう、わざと乱暴に、花の香りの染みた手を払う。実は、与えられた大切な言葉を、後で味わえるよう、丁寧に心に刻み込んでいたのだが。

ユメのくせに。親しみが、また、増した。

「いったい、どうして、漱太郎は、罪の意識を、まるで持たない変な人になっちゃったんだろう。きっと、なんにも考えてないからだね」

「あ、言われちゃったな。でも、そうかもしれないな。おれ、罪を犯す理由なんか、なんにもないもん。ただ、やりたいことをやってるだけ」

「漱太郎は、道楽もんだ」

「それより、見ろよ、あの連中」

漱太郎は、庭に設えたピクニックテーブルの周りに集う人々を顎で指した。

「奥にいる女房連れのあの男、支店の一般職の女と出来ちゃって、飛ばされる寸前。え？　なんで知ってるかって？　だって、その女、おれのお下がりだもん。で、その隣の若いくせにはげてるのいるだろ？　あれはねえ……」

招んだ部下の行員たちの裏話を、はしから暴露した後、漱太郎は、折りたたみ椅子の背もたれに身を預けながら、のけぞって、横目で夢生を見た。

「な？　世の中、ちゃちな不幸だらけだろ？　それを、みんな必死になって隠そうとしている。それなのに、たいしたことないちっぽけな幸せは見せびらかしたがる。くだんねえな」

いつになく酔っている、と夢生は、漱太郎の手からグラスを外した。されるままに、素直に従い、彼は続ける。

「その、くだんなさの権化が、おれの親だよ」

それきり黙っているので、覗いてみると、漱太郎は目を閉じている。やがて、寝息を立て始めたので、体に掛ける毛布か何かを借りに行こうと腰を上げかけたら、いきなり腕をつかまれた。驚いて、見ると、漱太郎は薄目を開けて夢生に舌を出した。

「何、ふざけてるの？」

「だって、おれ、道楽もんだもん。さっき、おまえ、そう言ったでしょ？」

くすくすと笑いながら、漱太郎は、再び目を閉じ、今度こそ本当に寝入ってしまった。

夢生が客たちの談笑の輪に戻ると、いつのまにか、シゲの姿がなかった。圭子は、水商売の本領発揮という感じで座を盛り上げている。店に呼び込もうという魂胆じゃないだろうな、と苦々しく思いながら、彼女の話を聞いていると、貴恵子も見当らないことに気が付いた。

お話し中に失礼、と断って、圭子を呼んで尋ねると、肩をすくめる。

「台所の手伝いでもしてるんじゃない？　路美さん、パイ焼いてるって言ってたから」

「シゲは？」

「知らなーい。トイレじゃなーい？」

「あのさあ……あの子、話す人いないんだから、ちゃんと仲間に入れてやってよ。こんなとこで営業してないでさ」

「あー、やだやだ、うるさい女！」

ジュリ子のような物の言い方にうんざりして、夢生は、その場を離れた。彼は、誰に告げるでもなく、お邪魔しますと口に出して、シゲを捜すべく家に上がった。貴恵子と二人で姿を消したことに危惧を覚えたのだった。まさか、この家の中で逢引をするようなことはないだろう、と自分に言い聞かせながらも、疑いは去らない。あれだけ求め合っている二人なら、場所など関係なくなってしまうかもしれない。誰にも知られたくない、とあんなにも細心の注意を払って来たのに。漱太郎が眠っている間に、きつく言っておかなければ、とそこまで思って、おかしくなった。昔、寝た仲なのに、いや、寝た仲だからなのか、自分は、シゲを、まるで肉親のように感じている。迷子になった弟を捜しているみたいだ。良い寝方をしたということか。それとも、気掛かりを増やすだけの厄介な関わりを持ってしまったのか。

階段を上りながら、夢生は、この家が外観以上に古風な装飾で彩られているのを、改めて知った。頑丈な木の手すりには、実に繊細な紋様が施されていた。そして、それらの浮き彫りになった部分は、長い年月を経て、触れた人の手の脂によるものなのか、鈍く飴色に光っている。いったい、何年頃の建造物なのだろう。今にも舞踏会のために装った淑女が降りて来そうだ。踊り場のはめ殺しの窓はステンドグラスだ。古い埃でくすんでいる様が、よりいっそう、おごそかな雰囲気をかもし出している。彼は、これ見よがしでない贅の尽くし方に感心しながら足許を軋ませ、いつか、あの隅にある年代物のコンソールの上に花を生けることが出来たなら、と深い溜息をついた。

いくつかある二階の部屋と、隣接するバスルームのドアは、どれもわずかばかり開けられていた。中に人が不在の時にはそうするという外国の習慣を聞いたことがある。路美が幼ない頃を海外で過ごしたからかもしれないし、あるいは、子供たちのことを考えて開け放したままにしているのかもしれない。

ひとつひとつ覗いてみたが、シゲと貴恵子の姿は、どこにもなかった。夢生は、首を傾げながら進み、目の前に出現したもうひとつの狭い階段の下で立ち止まった。前に聞いたことのある屋根裏部屋に続くものだろう。捨てるに捨てられないガラクタを置いている、といつか漱太郎が言っていた。二人がいるとしたら、ここしかないだろう。

夢生は、極力、音を立てないよう、注意深く一段一段上った。唯一の味方の役割を押し付けられた者として、彼らを諭してやるつもりだった。どうせ、いつか熱は醒める。それまで、漱太郎に知られないように見守って行こうと心に決めていたのだ。

ゆっくりとノブを回して押したドアの向こうに、はたして、二人は、いた。熱情に駆られて激しく抱き合っていると思われた彼らは、意外なことに、ただ手を握り、互いを見詰めていた。

屋根裏部屋にしては、広々としていたが、そこには、さまざまな物が押し込まれていて、窓際に追いやられた格好で彼らは身を寄せ合っている。側にあるライティングデスクの上には、古びたシュタイフのテディベアが、ちょこんと置かれ、まるで成り行きを見守っているかのようだ。

彼らのたたずむ脇の窓には、やはり、ステンドグラスが入れられているが、これは外からのながめを意識したものだろう。明り取りのための窓は、斜め天井に取り付けられている。

夢生は、声をかけようとして口を開きかけたが、ためらった。今、声をかけてはならない、と何かが自分を押しとどめているような気がしたのだ。そして、どうするべきか、と逡巡している内に、言葉を失くしてしまったのだった。いや、もしかしたら、自分から、捨てたのかもしれない。その屋根裏の密会に、第三者の介入など、まったくお呼びではなかった。

遅い午後の陽ざしは、もう二人を直接照らすことはなく、部屋は薄暗かった。くすんだ色ガラスのモザイクの一部になったかのように、彼らは、しばらくの間、無言で向き合っていた。両手は下に降した状態で、しっかりとつながれている。その内に、シゲの唇が動き、何を言われたのか、貴恵子が微笑んで下を向いた。すると、彼は、体を傾け、すくい上げるように口付ける。そして、それが合図だったように、ついばむようなキスが、何度も何度も、どちらからともなくくり返された。

ひとしきり、そうした後、貴恵子の方から唇を離し、手を伸ばしてライティングデスクの上を探った。そして、目的の物を捜し出し、シゲに渡す。小さな箱のように、こちらからは見て取れる。

彼らは、互いの額を付けて、手の中の小箱を愛でている。忍び笑いが、続く。それが途切れて、今度は、ねじを巻く響き。貴恵子が蓋を開けた。その瞬間、ぽつりぽつりと音が生まれる。その音は、すぐさま溜められて、旋律へと変わる。

オルゴールだった。流れているのは、ルイ・アームストロングの名曲だ。ウァッタ　ワンダフル　ワールド。この素晴しき世界。

夢生は、またたく間に理解した。シゲが、貴恵子によってしか与えられないと知ってしまったもの。人間関係における化学反応を表わす語彙のつたなさ故に、恋という名前しか当てはめられなかったもの。それが、今、この場を満たして、第三者である自分すら魅せられている。ロマンス。

「素敵なおままごとね」

背後からの突然の囁きに、夢生は、飛び上がらんばかりに驚いて振り返った。

路美だった。夢生は、慌てて彼女の腕をつかみ、無理矢理、階段の下に連れて行った。

「あの……このこと、誰にも言いませんよね」

夢生が恐る恐る尋ねると、路美は、冷やかに笑った。

「さあ？　どうかな」

じらすように言って、路美は、しらじらしく腕組みをする。

「別に、誰かに吹聴することもないいんじゃないかな。二人とも、子供じゃないいんだし……」

「子供よ！」

路美は、夢生を、ぴしゃりと遮った。

「シゲくんはどうか知らないけど、貴恵ちゃんは永遠に子供なの」

そう憎々し気に言い放つ路美は、普段とは別人のように見える。こんな顔をすることもあるのか、と夢生は呆気に取られた。

「……嫌いなんですか？　貴恵子さんのこと」

「さあね。それより、パイが焼けたのよ。運ぶの手伝ってくれないかしら。サンクスギヴィングには早いけど、パンプキンパイにしてみたの。冷凍の南瓜を使っちゃったけど、味は最高よ」

そう言って、一階に降りて行く路美の後に、夢生も続いた。この話は、これきりか、ともどかしく感じていると、彼女は、階段の途中で立ち止まり、振り返りもせずに、こう告げた。

「ユメちゃん、私ね、罪を犯した人って、ちゃんと裁かれるべきだと思うのよ。たとえ、本人に自覚がなかったとしてもね」

この部屋で、きみと二人、テレビを観ていた時のことだ。ワイドショウでは、有名大学教授が痴漢行為をくり返して、ついに逮捕に至った事件を報道していた。いつもなら、こういった番組に何の興味も示さないきみが、珍しくおもしろそうに見入っている。ぼくには、とても楽しいニュースとは思えない。きみが、もし同じ立場に立たされたとしたら、と想像するだけで恐怖を覚えるのだ。それなのに、そんなぼくの気持も知らずに、きみは、感心したように画面を観て頷いている。

「なあ、ユメ、性欲ってすごいと思わないか？　見つかったら、築いて来たすべてを失うかもしれないのに、抑えることが出来ない」

「……別に、すごいことなんかないよ。それを言うなら、食欲だっておんなじじゃない。餓死しそうになったら、食べ物、盗むでしょ？　ぼく、極限状態で人肉を食べた話だって読んだことあるよ。もしかしたら、眠くても寝られない時に犯す犯罪もあるかもしれない」

「馬鹿だな。食べなかったり寝なかったりしたら人間は死ぬんだよ。でも、性欲が満たされないからって死んだりはしない」

ぼくは、きみの前で、いつだって死にそうな気持なのに。そして、それを、きみだって知っている筈なのに。

つまりさ、ときみは続ける。

「セックスにまつわる犯罪は贅沢なんだよ。死ぬ訳でもない欲望に、あえて翻弄されるんだから」

「……でも、そのためにつかまるなんて」

きみは、せせら笑いながら言い捨てる。

「馬鹿なんだよ。こいつ、コントロールしながらやる醍醐味を、まったく解ってなかったんだな」

ぼくは、立て膝をしているきみの足許に横になる。目の前に、きみの素足がある。古びたインディゴブルーのデニムのほつれが大きな踝《くるぶし》にたれている。ぼくの知る、最も詩的なながめだ。失いたくない。

「ユメ、くすぐったいから」

人差し指で、ジーンズの裾に触れていたら、たしなめられた。

「漱太郎、絶対に、つかまったりしたら嫌だ」

「なんだよ。心細そうな顔して。大丈夫だよ。そんなへましないから。それに、おれ、最近、女の体をこじ開けるのに少し飽きた。ずっと、いい子ちゃんしてるだろ?」

「それはそれで気味悪いや」

なんだよ、それ、と吹き出して、きみは、ぼくの頭を乱暴に撫でる。きみに刈られ続けて短いままでいる髪。いつも整えられている、ぼくの大事な芝生だ。

「テレビって、ほんと、くだんないな。かん高い声で喋るお姉ちゃんばっかり出てる。ユメ、それ消して、なんか音楽かけてよ」

ぼくは、言われる通りにした。昼下がりのぬるい空気の中に、穏やかなサックスの音が流れる。

「おれ、黒人たちがアドリブの掛合いやるみたいなのより、こういうスムーズジャズの方が好きだな。なんか、海辺にいるような気分になれる」

「昔、一度だけ一緒に行ったね」

「あー、そうそう。藤崎さんのバイト先に押しかけたんだった。いい夏休みだったな。未成年なのに、ビーチバーで酒飲んで酔っ払って」

もう、きみは忘れているみたいだけれど、あの時、流れていたのも、デイヴィッド・サンボーンだったんだよ、漱太郎。あの、心からくつろいだ数日間の感覚をきみの体に染み込ませたままにしたくて、ぼくは、時折、この白人サックス奏者の曲をかける。聴くたびに条件反射のごとく、きみの心には海風が吹く筈だ。やんちゃな少年たちのようにじゃれ合った記憶のほとんどは砂に埋もれてしまったかもしれないが、ふと、懐しさを覚えてくれれば、それで良い。ぼくはぼくで、あの時の記憶をつぶさに甦らせて感傷に身を浸す。

きみは、持ち前の社交性を発揮して、すぐさま、地元の若者たちにも一目置かれるようになった。そして、彼らの間に入って、ぼくが浮いた存在にならないように、気をつかってくれさえした。二人きりになった際にさらけ出す本性など、これっぽっちも見せることなく、皆の前で、ぼくを相棒のように扱ってくれた。ぼくも、よく、それに応えた。でも、実のところ、ぼくは、あるゲイ作家の書いた初恋物語の住人となり、狂おしさに身を持て余していたのだ。その小説の題名は、「潮騒の少年」という。ぼくは、きみのように難しい本を読むことは出来ないけれど、小説の効用は知っている。その世界が導いてくれるままに進むと、そこには、もうひとりの自分がいる。そして、これまで語り得ずにいたあらゆる事柄を言語化して、代弁してくれるのだ。ジョン・フォックスという作家は、ぼくのひりついた気持こそが真実だと同意し、居場所を与えた。ぼくは、あの違和感の中で、きみと潮騒の中、戯れることだけを夢見ていたんだよ。

「そう言えば、ユメ、あの時、海辺にある水族館に行ったの覚えてる?」

「うん。ペンギンがいっぱいいいたね。冷蔵庫の製氷室みたいに、定期的に氷が降って来たんでびっくりした」

「いや、それより、セイウチだろ? あれこそ、びっくりだったよ」

そう言って、きみは、困ったもんだというように首を横に振る。まるで、ついこの間のことのように語るのは、余程、印象深かったからだろう。それには、ぼくも頷かざるを得ないが、ぼくと過ごした思い出自体よりもセイウチの記憶の方が鮮明だと言わんばかりなのが、どうにも不服だ。

その巨大なセイウチの水槽の前では、見物人の誰もが唖然としていた。水の中で浮遊しながら激しく勃起していたのだ。ガラスの向こうに見える男性器は、小振りの丸太ほどもあった。それを、どうにかなだめてやろうとするのか、必死に四肢を動かしている。鰭《ひれ》状の前足だけが、かろうじて、そこに到達し、激しくこすろうとするのだが、ままならない。目を凝らしているこちらの方が、もどかしくなるような、自慰行為の現場だった。

誰もが困惑していた。笑って誤魔化すべきなのか、見なかった振りをして立ち去るべきなのか、判断しかねていた。ママー、あれ何してるの? と尋ねられた母親は困惑しきっていた。見るべきでないものを見せられている、と、人々が理不尽にも苛立ち始めた瞬間、セイウチは、ついに射精した。あっ、という声が周囲から洩れた。と、同時に、その巨大生物は脱糞し、水槽の中がいっきに煙幕が張られたように曇って、すべてを覆い隠してしまったのである。

ようやく安堵の溜息をつきながら、見物人たちが散り散りに去って行った。でも、ぼくは、その場に立ち尽くしたままだった。ふと、気が付くと、隣できみが、体を折り曲げて笑っていた。まるで、この上ない愉快な出し物を見物したかのように。

「ユメ、あん時、涙ぐんでたよね。なんで？」

「漱太郎には、言ったって解るもんか」

知っていたのか。ぼくは、頬が熱くなるのを感じて、ぷいと横を向いた。

「ところが解るんだな」

「嘘つき！」

「嘘じゃないよ。言わなかったっけ？　ユメのことは、なんでも解るって」

きみは、握り拳を作り、ふざけた調子で、ぼくの頬を軽く殴った。ぼくは、大袈裟に引っくり返って見せて、再び床に横たわる。そして、しばしの間、あのセイウチに思いを馳せる。醜態をさらした憐れな生き物。なかなか手の届かないマスターベイション。それなのに、射精せずにはいられない。どこか、ぼくに似ている。

ユメのことならなんでも解る。きみは、そう言った。確か、ケイも同じことを口にした筈だ。でも、人が人を全部理解するなんて、本当のところ、有り得ないのだ。あの時、ぼくが浮かべた涙の成分は、きみと出会ってから集められた、哀しみの要素。舐める気もない者に、その味は解らない。ぼくの隠し持っている涙壺の中では、実は、既にとてつもなく芳しい風味が漂っているのを、きみは知らない。長い年月を経た今、発酵は進み、濃度は増すばかりだ。いつの日か、それを指ですくい取り、きみに味わわせたいと、心から、ぼくは、願う。

「ね、漱太郎、さっきさ、食欲とか睡眠欲と違って、性欲は、満たされなくっても死なないって言ったでしょ？」

「あ？　うん」

「もし、そうじゃなかったら？」

「ユメの言ってる意味、わかんないけど？」

「つまりさ、自分の種族が死に絶えるような危機に直面したらってこと」

きみは、面食らったような顔をして、ぼくを見る。

「おまえ、おもしろいこと考えるのな」

「だって、もし、種の存続のために犯される性犯罪があったとしたらさ、それって、飢え死にしそうになって強盗するのと同じことなんじゃない？」

「なるほど。いつの時代の話だよって感じだけど、そうかもな。でも、おれ、そういう極限状態と隣り合わせの犯罪って、性に合わない」

「漱太郎は、これがなかったら死んじゃうって思いをしたことがないもんね。根っからの贅沢者なんだ」

「なんだよ、拗ねてんの？」

拗ねているのは、きみと出会ってから、ずっとだ。ぼくの体の一部は、きみのせいで、いつもじれている。

「これがなかったら死んじゃうか……そう言えばないかもなあ。だって、いつも欲しいもんは手許にあったし。ユメだって、必ず、手の届くとこにある」

まるで、ぼくを道具か何かみたいに言う。ますます拗ねた気持になって、咎める視線を送ろうとすると、きみは、心をどこか別の世界に飛ばしてしまったかのように、ぼんやりしたまま煙草を吸っている。灰が落ちかけたので、慌てて灰皿を差し出すと、現実に戻ったように焦点を合わせてぼくを見詰める。

「おれ、どっちかって言うと、これを取られたら殺しちゃうって思うタイプ。おれが所有してるものは、神様が決めたものだから、盗もうとする奴は許せない」

神様なんて、普段のきみに、およそ似つかわしくない言葉を迷いなく使う時、その面差しは、まるで小さな餓鬼大将のようだ。

その所有物の中に、ぼくはいるの？　そう尋ねたいけど、尋ねられない。だって、イエスと答えられれば至福。否定されれば、深い絶望の淵。ぼくは、神様が決めたきみの持ち物として、永久に、その人生の裏側に、巣食いたい。


久し振りに圭子の店に姿を現したシゲの顔は傷だらけで、しかも、瞼の上がひどく腫れていた。誰かに徹底的に殴られたのは明らかで、夢生は仰天して駆け寄った。そして、傷の具合を確かめようと頬に手を伸ばしたが、うるさそうに振り払われた。理由を聞いても何も言おうとはしない。

そのまま、シゲが夢生を無視してカウンターの隅に腰を降ろすと、圭子が慌てて、水と冷たい御絞りを用意した。いったい何があったんだ、と心配しながら、ながめていると、少し経ってから、ジュリ子が何人かと連れ立って入って来た。

「あーら、オフテに良くお似合いの傷、付けちゃって」

シゲに、ちらりと目をやりながら、そう言うと、ジュリ子は、連れたちを奥のテーブル席に促した。

「内輪揉め？」

恐る恐る尋ねる圭子に、シゲは何も答えない。夢生は、漠然とした不安を覚えて、ジュリ子たちの席に着くことにした。すると、待ってました、というように、ジュリ子が耳許に口を寄せる。

「あいつ、ヤミケンやって店にばれて、オーナーのスポンサーからヤキ入れられたのよ」

ヤミケンとは、店に無許可で隠れてウリ専営業をすることだ。いったい何故、引く手あまたのシゲにそんな必要が、と夢生は驚きを隠せなかったが、内心、安堵してもいた。実は、漱太郎が関わっているのではないかと一瞬危惧したのだった。シゲと貴恵子の関係を知ったら、彼が、どのような行動を取るかは、まったく予想もつかない。

「シゲ子ってね、最近、金の亡者って感じ。人気もんのオフテなんて言われて、いい気になって客選んでた時とは大違い。誰彼かまわず、相手にしてんのよ。それなのに、気位だけは、いまだに高くてさ、買った客に聞いたんだけど、それでもバックだけは絶対にやらせないんだってさー。いったい、何様？」

仲間内の下卑た笑いが起った。

「ジュリ子、友達だったんじゃないの？　それと、うち、ゲイバーじゃないから、そういう話は控え目にね」

夢生がたしなめるように言うと、ジュリ子は、途端にしおらしい態度になり、肩をすぼめる。

「だって……あの子、あれ以上、何が欲しいって言うのよ……あたしにないもの、もう、いっぱい持ってるじゃない」

「シゲの本当に欲しいものは、きっと、周りからは見えないもんなんだよ」

夢生は、圭子にタオルを当てられているシゲの後ろ姿に視線を移した。丸まった背中が、興味本位の他人の目を、きっぱりと拒否している。綺麗な背骨の曲線は、手負いの野生動物のそれのようだ。人気もんのオフテか。確かに魅力的に不貞腐れている。

しばらくして、シゲの許に行くと、だいぶ落ち着いたのか、夢生に向かって、ばつが悪そうに笑った。

「こんなみっともないことになっちゃって」

「貴恵子さん、心配するよ」

「目立たなくなるまで会わない予定だから」

切れた唇のはしを指で押さえながら、シゲは言った。ずい分と話しにくそうだ。時折、痛みを感じるのか顔をひきつらせるが、瞳には、異様な力強さが宿っている。

「シゲ、何、考えてる？」

「何も。ぼく、ただ、お金が欲しいだけなんです」

夢生は、ふと思った。シゲは、本当に、貴恵子を連れて、二人だけで、どこかに逃げるつもりなのではないか。

「早まったことしちゃ駄目だよ」

シゲは、夢生の言葉に顔を上げた。歪んだ口に薄ら笑いを浮かべている。

「ユメさん、それ、ぼくたちのことを思いやって言ってるの？」

夢生は、言葉を選びかねて押し黙った。二人の味方でありたいと思うのは本当だが、それ以上に、自分は、漱太郎を慮《おもんぱか》っている。

「ぼくたち、あの人から逃げなきゃ」

あの人、が誰であるかは、シゲの口から出なかった。夢生が知っているのは前提だ、と言いた気に、彼は、こちらを見据える。

「彼女が何度、あの人から逃げ出そうとしたことか。でも、成功しそうになるたびに、あの人が見えない鎖を引っ張って自分の許に戻すんだ」

勝手な言い分だ、と感じて、夢生は腹立たしくなった。本当に貴恵子にその意志があれば、たとえどういう形であれ、自由を獲得出来た筈ではないか。庇護の下にいるだけの人生に、長い間、甘んじて来ただけだったくせに。それなのに、今頃、漱太郎を理由にして外の世界に飛び出そうとしている。

「なんで、シゲなの？　貴恵子さん、これまでだって、男とつき合ったことある訳でしょ？」

「なんで⁉」

シゲのその声は、ほとんど素頓狂に聞こえた。反射的に見詰め返すと、夢生の目に、呆れ果てたような彼の顔が映る。

「なんで、ぼくなのかって⁉　ユメさん、まだ解らないの？　理由なんて、ひとつしかないんだよ。ぼくがぼくだからという、それしか」

その瞬間、夢生は、自分の愚かさに気付いて愕然とした。彼らの思い、まさに、彼らと同じ思いを、自分も保ち続けて来たのではなかったか。他人への説明不可能な真理。その人間が、その人間であるから。異なるのは、彼らが互いに、その思いを外に向けて燃え上がらせたのに対して、自分は、片恋の掟として胸の奥底にくすぶらせ続けたということだ。

「ユメさん、あんたには、ずっと解ってもらえてると信じてた」

夢生は、どう返して良いのか、なす術がない。他の誰とも違う情をかけた故に、心から自分を慕ってくれるようになった年下の男。恋人でもない。友人でもない。しいて言えば、はるか昔に葬り去った望ましい弟のイメージを取り戻させてくれた人間。何の思惑もない信頼を置いて自分に接していた、その彼の膨れ上がった瞼の下に、今、明らかな失望の色がある。

修復しなくては、と夢生は思った。シゲが自身をさらけ出してくれたことに応えたい。今こそ、漱太郎との関係を打ち明ける時ではないのか。夢生は、逡巡して、言葉を捜しあぐねた。それを察したのか、シゲは、無言で、彼が話し出すのを待っている。

長い沈黙が流れて、ようやく夢生が口を開きかけた時、帰り仕度をしたジュリ子たちが騒々しく通り掛かった。口々に別れ際の挨拶をかける彼らを、シゲは一顧だにしない。その態度が癇に障ったのか、ジュリ子が聞えよがしに言った。

「あーやだやだ。人の客、片っぱしから盗っても平気な浅ましい人間って。バック使わないで、どこ使ってんのかしらー。教えて欲しいわー」

「ジュリ子、いい加減にしなよ」

夢生が間に入ろうとすると、シゲが遮った。

「おまえみたいなブスの持ってないもん使ってんだよ」

シゲが、そう言って鼻先で笑うと、ジュリ子の顔色が変わった。

「あんたみたいな女、ヤミケンくり返して、ぶちのめされて、殺されちゃえばいいのよ！　そうよ！　死んじゃえ死んじゃえ！　死んだら、その美貌も地獄でしか使えないんだからねっ」

「美貌だなんて思ってねえよ。そりゃ、おまえよりましだけど」

「なんなの!?　この女、なんなの!?」

なおも気色ばむジュリ子を、圭子とウェイターが店の外に無理矢理連れて行った。それから少しの間、ドアの向こう側から怒鳴り声が聞こえていたが、力ずくでエレヴェイターに押し込まれたのか、やがて外は静けさを取り戻した。

夢生は、数人残っていた客たちの許に行き、騒ぎについて謝った。誰もが、この店でしか見られないちょっとした余興として認識しているらしく、気にも留めていなかった。ほっと溜息をつき、その後、カウンターに戻ると、シゲも帰る準備を整えていた。

「ユメさん、ぼくも帰るね。ジュリ子が来たら、謝っといて。あんなふうに言うつもりはなかったんだ」

「あっちが悪いんだから」

「でも、あれ、あの女の日常語」

そうだな、と言って、夢生が吹き出すと、シゲもつられて笑い、直後、痛みのせいか唇を押さえた。

「大丈夫？」

「うん。ね、ユメさん、さっき、ぼくに何を言おうとしてたの？」

夢生が再びカウンターに着くよう促すと、シゲは、首を横に振った。

「今度、ここじゃないとこで、ゆっくり聞く。もしかしたら、東京じゃない遠くまで呼び出すかもしんない」

止めるべきだ、と夢生の直感が告げる。けれど、シゲが従わないであろうことも、直感で知っている。

「楽しみだなー、ユメさんの告白。どんなサプライズが待ってるのかなー」

「大人をからかうんじゃないよ」

「からかってなんかないよ。ぼく、ユメさんが、色々告白出来る場所、それまでに、ちゃんと用意しておくね」

そう言うと、シゲは、飲み代を払うために、ポケットから財布を出した。それを手で押し戻した夢生に、彼は、目で問いかける。

「オン　ザ　ハウス。金、必要なんでしょ？　今夜は、おごりだから」

「やった！」

シゲは、子供のように喜びながら、財布をしまい、去り際に言う。

「ユメさんとの肉体関係。あれって、近親相姦だったんだね」

「よしな。そんな罪深いこと言うんじゃないよ」

呆れて見送る夢生に、シゲは、あはは、と笑って手を振った。それが、彼を見た最後になった。


夢生たちが、シゲの死を知ったのは、それから一ヵ月後のことだ。圭子の店に駆け込んで来たジュリ子によって、その最初の情報はもたらされた。

店仕舞いに近い時刻だった。夢生は、その日、花の仕事で行った地方から戻り、やっと自由になった身で圭子とくつろいでいた。そこに、涙で顔をぐちゃぐちゃにしたジュリ子がやって来たのだ。

夢生たちを見るやいなや、彼は、床に崩れ落ちて号泣した。二人がかりで抱き起こし、椅子に座らせて理由を尋ねても、さっぱり要領を得ない。夢生と圭子は、ただ困惑して顔を見合わせるばかりだった。自分のせいだ、とくり返して、身をよじって泣くのである。

その内、圭子に背中を撫でられ、夢生に気を落ち着かせるためのスコッチのショットグラスを差し出され、少しずつ落ち着きを取り戻したジュリ子は、呻き声と共に、シゲの死を伝えた。

「あたしが、あんなこと言ったから悪いのよーっ。シゲ子を憎んだことなんて、ほんとは一度だってないのに。ただ、妬ましくて仕様がなかっただけ。まさか、死んじゃえって言ったからって、ほんとに死んじゃうなんて思わないじゃないのおーっ！」

シゲは、店からの連絡を受けて、いつものようにホテルに向かったという。そこは、普段、彼が呼ばれる高級ホテルとは、比ぶべくもない場末の宿だった。

「最近、そういうとこも使ってるって聞いて、あたし、また嫌味言っちゃった。落ちぶれたもんねって。あああ、どうしよう！」

仕事が終わっても何の連絡もないので、オーナーは逃げられたと思い、ホテルに確認の電話を入れた。よくあることと、放って置いた従業員が、朝になって部屋に踏み込んだ時には、もう遅かった。シゲは、俯《うつぶ》せの状態で、首を絞められて息絶えていたという。

「そのホテル、あたしも使ってるから、いつも便宜を計ってくれる従業員に、チップ渡して聞いてみたの。シゲ子、下半身血まみれだったんだって。あれは、直腸、めちゃめちゃ裂けてたねって、その子が言うの」

「……グロテスクなこと聞かせないでよ……」

圭子が顔を覆った。

「昼間、仕事仲間が、それらしいニュースを見たんだって。でも、ホテルで男性の他殺死体を発見、詳しい身元などを捜査中、それだけだったんだって。あたしも殺されたら、ただの男性他殺死体になっちゃうんだーっ」

ジュリ子のわめき声を聞きながら、夢生が思い出していたのは、シゲの最後の笑顔だった。捨て去ろうとする過去と飛び込もうとする未来の間に引かれた境界線に立つ者だけが浮かべる、覚悟に満ちた笑い。傷だらけにされながらも、希望が不安を、はるかに凌駕しているのが見て取れた。

嫌だ、という言葉が我知らず出た。すると、もう止まらなかった。嫌だ嫌だ嫌だ嫌だ……。夢生は、終わりのない唸りと共に、その場にしゃがみ込んだ。彼を襲ったのは、悲しみという感情とは少し違っていた。それは、抗っても仕様のないものに対する巨大なむずかりに似ていた。実際、彼は、いくら嫌だと訴え続けても、もうどうしようもないことは頭の隅で冷静に理解していた。それなのに、立ち上がる気にもなれない。この時、彼は、大事な存在の唐突な死に直面した時、人が運命に対して駄々をこねるものだと、初めて知ったのである。

母の死に目には、こうではなかった、と、夢生は、ふと思い起した。何故だろう。母の場合、死んだ方が彼女のために良かった、と感じてほっとしたのだ。では、シゲほど大事ではなかったのか、と問われれば、そんなことは、むろん、ない。それは、希望の終わりに寄り添う人と希望の始まりに飛び乗ろうとする人に対する差だ。前者であった母の死は、控え目に歓迎出来た。けれど、シゲの場合はとんでもなかった。彼は、今、決して、死によって未来を断ち切られてはいけない人間だったのだ。

　なかなか立とうとしない夢生を、今度は、ジュリ子が抱き起こし、背負ってソファ席まで運んだ。夢生は、意外に頑強な背中に安心して、素直に身を任せ、降ろされたソファにうずくまった。そして、この一ヵ月のことを思った。師匠に独立をほのめかされ、花の仕事にかまけきりで、シゲに連絡を取らずにいた自分を省みると、後悔してもしきれなかった。ごめん、と今度は呟いた。ようやく涙が噴き出して来て、続けざまに嗚咽が洩れた。圭子とジュリ子も、それに同調し、三人は、ようやく同じ悲しみを共有し始めた。

　ひとしきり泣いて気が鎮まると、今度は、貴恵子の存在が、夢生の胸を騒がせた。彼女は、いったい、この事態を知っているのか。知っていてもいなくても、いずれ地獄が待っている。

「ジュリ子、あんたの友達が見たニュースって、シゲのこと身元不明の他殺死体としか出てなかったんだよね」

「そうよ。ネットのゲイサイトやツイッターでは、もうあれこれ噂が飛んでるけど、テレビや新聞に身元が載るの、ずっと後かもね。って言うか、載っても解んないわよ。シゲなんて通名で、本名なんか誰も知らないんだもの。あーっ、あたしも、身元不明で葬り去られる悲劇のヒロインになる――っ!!」

「あんたなんか、悲劇にもヒロインにも縁なんかないよ!」

圭子に怒鳴られ、ジュリ子は、また泣き出した。

夢生は、どうにか漱太郎に連絡を取ろうとしたが、彼の携帯電話にはつながらなかった。返信してくれとだけメールを送り、今度は、自宅にかけてみた。漱太郎の許可なしに、こっそり路美から聞き出した番号だ。彼が自宅にいたら、さぞかし機嫌を損ねるだろうが、急を要するのだから仕方がない。

祈るような気持でいると、数回の呼び出し音の後、路美が出た。晴れやかな声で応対するのを耳にして、少なくとも彼女はまだ知らないのだ、と夢生は思った。

「漱ちゃんなら、三日前から出張に行ってるのよ。スイスのバーゼルってとこ。さあ?なんか、偉い人の御供じゃないの? 最近、ますます仕事人間になっちゃって子供たちも寂しいみたい。ね、ユメちゃん、漱ちゃん、来週まで帰って来ないんだけど、うち、来ない? ちょっと、やなことあったから聞いてもらいたいし」

「やなことって?」

「それは、うちで話すから」

路美は、自分勝手に日時を決めて電話を切ってしまった。シゲの死を知らせる間もなかった。もっとも、それについて話しても、彼女にとっては、どうということもないのかもしれない。たまたま、家にやって来た、好きになれない義妹のラヴアフェアの相手。その程度の認識だろう。

「シゲちゃん、いったいなんだって、あんなに急に、がつがつ働き始めたんだろう」

圭子が、真底、不思議そうに首を傾げる。すると、ジュリ子が洟《はな》をかみながら、それに答える。

「きっと、嫁入りでもするつもりだったのよ。それとも駆け落ちかしら」

夢生は、訂正する、どのような言葉も持っていなかった。

数日後、指定された時刻に、夢生は路美を訪ねた。休日だったので、子供たちの遊び相手をさせられるのかとばかり思っていたら、家には彼女しかいなかった。子供たちは、漱太郎の実家に遊びに行っていると言う。

「お義兄《にい》さんのところの子たちが、もう大きくなっちゃったでしょ？　もう、おじいちゃんおばあちゃんにまとわり付く年齢でもないから寂しいんじゃないかしら。それとね、見てて解るんだけど、お義父《とう》さまたち、うちの子の方が好きみたい。子供の頃の漱太郎の再来だって言って、そりゃ嬉しそうなのよ。漱ちゃん、きっと、お義兄さんより愛されてたのね」

　わざわざ呼び出しておきながら、路美は、どうでも良い自慢話に終始している。夢生は次第に苛々して来た。こちらは、それに付き合って悠長に構えている暇などないのだ。

「あの、この間、やなことがあったって言ってましたけど、いったい、何があったんですか？」

　すっかり忘れていた、というように、路美は、舌を出した。

「そうね、ごめんなさい。ユメちゃん呼んだの、それ聞いとこうと思ったんだ。ね、漱ちゃんとユメちゃんの同級生に立川ルリ子って人、いなかった？」

　夢生は、自分の体から冷たい汗が滲み出すのを感じた。しかし、ごく自然に昔を思い起すような演技をして見せる。

「うーん、いたかなあ？　すぐには思い出せないなあ。でも、その人がどうかしたんですか？」

　それがね、と言って、路美は眉をひそめる。

「漱ちゃんの留守中に電話があったの。どこで番号を調べたのか、聞いても言わないのよ。昔、お世話になった御礼を言いたいだけです、とか言っちゃって。それで、私に、幸せですかって聞くのよ。気味悪いったら」

あっ、と大声を出して、夢生は手を叩いた。

「思い出しました。確か、その子、漱太郎を追っかけて弓道部のマネージャーになった子だ。彼の周りって、そういう女の子たち山程いたんです。そのひとりですよ。きっと、初恋の男がどうしてるか気になっちゃったんでしょ？　この間、同窓会に行った圭子に聞いたんだけど、やっぱり漱太郎の話題で持ち切りだったらしいから」

そこまで言って、夢生は思った。立川ルリ子にここの電話番号を教えたのは圭子ではないのか。何かの折に、店で自分の携帯電話を盗み見たとしたら。充分に有り得る。

「やっぱり、漱ちゃん、そんなにもてたんだ」

路美は、どこか嬉し気だ。

「そのこと、漱太郎に言いました？」

「ううん。だって、漱ちゃんに、私と会う前のもてた時代なんか思い出して欲しくないもん。それに、その立川さんて人も、決して感じ悪くはないのよ。高校時代が、懐しくて、つい電話しちゃったって、すまなそうだったし。でもね、私、どんな女でも、漱ちゃんに近付こうとするのは許せないの」

「あれだけもてるだんなさんだと、路美さんも大変ですね」

路美は、つい出てしまう誇らしさを隠すためか、口許を押さえて、首を横に振った。

「漱太郎には、そのまま言わずにいた方がいいですよ。彼、気づかいの人だから、家に呼ぼうなんて言い出しかねない」

「そうする。そんな未練たらしい女は、絶対に遠ざけなきゃ。また連絡するって言ってたけど、今度かかって来ても着信拒否するわ。良かった。ユメちゃんに聞いといて」

ところで、と夢生は、本当に知りたいことのために話題を変えた。

「貴恵子さん、お元気ですか？」

「知らない」

路美は、突然、不愉快そうに横を向いた。

「……知らないって……漱太郎の実家にお子さんたち連れて行ったのなら、そこで会ったんじゃ……」

「知らないわよ。部屋にこもって絵でも描いてるんじゃないの？　私が、ユメちゃんの連れて来た男の子と何してるか、漱ちゃんに言いつけたから、きっと根に持ってるのよ。玄関先にも出て来やしない」

血の気が引いた。

「あの子、いつも陰でこそこそ男とつき合うのよ。これまで何人男を替えたか解んないわ。だらしないのよ。男と見れば気を引く素振りして。その時の、いやーな感じったらない。腐った果物の汁をたれ流しているみたい。私の弟も、ひどい捨てられ方したらしくて、逃げるように海外に行っちゃった。それなのに、漱ちゃんは……」

路美は、夢生が顔色を変えているのに、ようやく気付いたらしく口をつぐんだ。

「なんで……なんで告げ口なんか」

だって、と言って、路美は、夢生をすさまじい目つきでにらみ付けた。

「いい加減、漱ちゃんには、あの子に愛想を尽かして欲しいのよ。私、せっかく結婚したのに、いつまでたっても、彼をひとりじめ出来ない」

かつて、夢生は、目の前の女の鈍感さに憐れみを覚え、それ故に好きになった。しかし、今、その鈍感さ故に、激しい憎しみを禁じ得なくなっている。彼は、あまりの嫌悪のために、かえって平淡な表情になってしまい、路美に動揺を悟られることなく、いとまを告げた。シゲの死を伝える気にもならなかった。

漱太郎の家を出たは良いが、帰り道が解らなかった。自分は、いったい、どこに向かえば良いのか。夢生は、長い時間、当てもなくさまよった。意味もなく、何度も地下鉄や私鉄を乗り換えて、いつのまにか、昔、良く遊びに来た公園に辿り着いた。そこは、ハッテンバと呼ばれる、ゲイたちが一夜の相手を拾い上げる場所で、彼も行き場のない焦燥の捌け口を求めて通い詰めた時期があったのだった。

同じ場所にいるのに、あの頃とは、まるで違う心持ちだ、と思いながら、夢生は、ベンチに腰を降ろし、ボール蹴りをする少年たちをながめた。何故、自分はあのような健全な昼に生きる子供として、人生を始められなかったのか。しばらく考えたが答えは見つからない。彼は仕方なく諦めて腰を上げた。自分の帰る所は、もう、あの部屋以外にないのだ。

それから何日か、夢生は、すべての仕事をキャンセルして部屋にいた。師匠には、腰を痛めたと伝えた。力仕事の出来ない事情が一番説得力を持つ。ひとり、床に寝転びながら、漱太郎の戻る日を指折り数えて待った。

どうしても会いたい。会わなくてはならない。彼は、何度も携帯電話を確認したが、漱太郎からは何の連絡もなかった。その代わり、圭子からのメールが何通も届いている。最初、開けることもなく無視していたが、あまりにもその件数が増えて行くので、仕方なく、店が終わりそうな時刻に電話をしてみた。

「ユメ？　いったい、あんた、どこにいるのよ。ねえ、すぐ、こっち来られない？　客？　もう帰した。あんたの師匠もチェック入れに来てたけど、上手く言っといたから。だから、すぐ！」

その声が、いつになく切羽詰まっていたので、夢生は胸騒ぎを覚えて飛び起きた。そして、急いで仕度をしてタクシーに飛び乗り、飯倉方面へと向った。

店に着くと、いても立ってもいられないといった様子で、圭子の方から駆け寄って来た。そして、夢生の両肩をつかみ、他に誰もいないというのに、声を潜めて話し出す。

「ユメ、今日、早い時間に刑事が二人、ここに来たの。シゲちゃんのこと聞きに来たんだけど、驚いちゃ駄目だよ、あのね、あのね……」

自分は何か恐しい事実を聞こうとしている！　夢生が唾を飲み込んで、圭子の次の言葉を待っていると、突然、背後で、ドアの開く音がした。

「すみません！　今日は、もう閉めるんで……」

言いかけた圭子の表情が変わった。その形相にただならないものを感じて、夢生は恐る恐る振り返った。

貴恵子が、いた。血の気の失せた顔に奇妙な笑みを浮かべている。

「重信《しげのぶ》、来てる？」

そう尋ねながら、店の中に入って来た。その名がシゲを指していると気付いた夢生と圭子には返す言葉がない。無言のままの二人を無視して、貴恵子は店じゅうを徘徊して、こうくり返すばかりだ。

「重信、どこ？」

圭子が、たまりかねた様子で貴恵子に近寄り、腕をつかんだ。

「貴恵子ちゃん、シゲちゃんはね……」

「ケイさん、お墓は、どこ？」

思わず、手を離した圭子に向かって、貴恵子は絶叫した。

「お墓は、どこにあるのよーっ!! 貴恵子にも骨ちょおだいよおっ」

悲鳴を上げるように泣き叫び始めた貴恵子を、圭子も涙にむせびながら抱き締めた。腕の中で脱力しながらも、貴恵子は、お墓はどこ？ と問い続けている。

「貴恵子ちゃん、シゲちゃんのお墓は、ここにはないのよ」

赤ん坊にするように、静かに背中を叩きながら圭子が諭すと、力尽きたのか、貴恵子は、彼女に体を預けて呟いた。

「やっぱり、お兄ちゃまが言ったみたいに、お骨は、好きだった男の人が持ってっちゃったの？」

その、いっさいの生の光が失われた瞳を見て、夢生は、瞬時に悟った。この人は、心の奥底まで、犯し尽くされている！

「ユメ、ぼおっとしてないで、貴恵子ちゃん、ソファに寝かせるの手伝って！」

我に返って、慌てて圭子たちの側に近寄ろうとした、まさにその時、夢生のポケットの中の携帯電話が震えた。出なくても誰だか解る。彼の足は動きを止めてしまい、もう、一歩も踏み出せない。

圭子が、すがるように、泣き濡れた目を向ける。彼女も貴恵子の体に重しをかけられていて動けない。二人は、身じろぎもしないまま、出会ってからの長い年月を凝縮させるかのように、沈黙をはさんで見詰め合う。

やがて、圭子が、負けを認めた人のように下を向いて、言った。

「ユメ、行かないで」

夢生は、目をきつく閉じ、両の手を握り締めた。

「お願い、ユメ、ここにいて」

こんなにも悲痛な圭子の声を聞く時が来ようとは思いもしなかった。親友と信じて疑わなかった目の前の女に、自分は、手ひどい仕打ちを与えようとしている。夢生は、心の中で、許しを乞うた。

「私、いつも、あんたの側にいてやったじゃない。必要とされる時は、いつだってそこにいてやろうって、ずっと思ってた。今度は、私の番じゃないの？　あんたを一番必要としている時だけでいい。私の側にいて？　でないと、ずっと大事にして来た思いが報われないよ」

「……大事にして来た思いって？」

夢生に問われて、圭子は言葉に詰まった。答えようとして、何度も口を開きかけるが声にならない。

「ねえ、ケイ、答えて。その、大事にして来た思いって、何？」

あ、あ、あ、こ、こ、こ、と何度も口ごもった後、圭子は深い溜息をつき、ついに、言った。

「……ゆ、友情だよ」

その答えを受け止めて、夢生は、素早く圭子の許に近寄り、口付けた。続いて、すぐさまドアに向かって踵《きびす》を返す。もう振り向くことはない。友情なんだ。自分に言い聞かせる。友情なら、裏切れる。

そして、今、ぼくは、この部屋で、ようやく会えたきみと二人、大好きなアニー・リーボヴィッツの写真と寸分違わぬ構図の中にいる。床に寝そべるセーターとブルージーンズ姿のヨーコにしがみ付く素っ裸のジョン。まさに、同じ格好の、きみとぼく。けれど、異っている部分もいくつかは、ある。

ポストカードになった写真の床はベージュだったけれども、この部屋の床は真紅だ。そして、ヨーコとは違って、きみの下半身は剝き出しになっている。さらに、ぼくの手には、ジョンの持っていなかった物が握られている。でも、あの写真を完璧にコピー出来なかったからと言って、何も悲しむことはない。世の中には思い通りにならないことが沢山ある。それを考えれば、ぼくたちは幸せだ。だって、二人のためだけの懺悔室を持ち、そこで濃密な空気を培養することが出来たのだから。神様の御加護かもしれないね、漱太郎。でも、そんなにも恵まれたきみが、何故、あんな過ちを犯してしまったのだろう。きみらしくもない不注意だ。解っている？　きみは、こじ開ける鍵穴を取り違えてしまったんだよ。

シゲの遺骨は、ずい分経ってから、佐賀のお父さんが受け取りに来たそうだ。あんなジュリ子でも、最後は仲間のために奔走して、彼の郷里に連絡を取ってやることが出来た。たったひとりの肉親であったお父さんは、嘆き悲しむでもなく、淡々とした様子で、やせこけた体には大き過ぎる骨箱を抱えて立ち去って行ったという。九州の片田舎から、その土地の英雄の名を付けられ、いったい、シゲは、何を夢見て上京して来たんだろう。そして、今、墓の下で何を思っているのか。自分の白い骨を組み立て直して、いまだに、きみの妹を抱き締めたい、と心から願っているんじゃないだろうか。

そう、きみは、あんなことをすべきではなかったのだ。そして、ぼくに対して、あくまでしらを切り通すべきだった。ぼくは、きみを、最後の最後まで守ろうと、本気で決意していたというのに。きみが弓を引く、その的になれる筈もないことを、とうの昔に知りながらも。

ぼくの必死の問いかけに、きみは笑いながら答えた。男に欲情する訳がないだろう、と。おれが欲情したのは、あいつに染み付いた妹の匂いだと。

きみは、まだ赤ん坊だった妹の吐いたミルクの残り滓を舐め取ってやった、と話していた。シゲの体から立ちのぼったのは、その匂い？　だとしたら、彼だけが、きみの哀しみの受け皿になり得たということか。それを知った瞬間、ぼくは、自分がとてつもなく可哀相に思えた。出会って以来、初めて、ぼくは、きみよりも自分を愛した。そして、その強い愛は、懺悔室を処刑室に変えた。そこで行使するのは、きみの告解に耳を傾けて来たぼくだけに与えられた権利。ぼくの手で、きみの罪を罰すること。

きみは、もう忘れているだろう。最初にきみに魅入られた、あの嵐の夕方、ぼくは、一生、大切にしようと誓った宝物を手にしたのだ。それは、きみとぼくをつなげるきっかけになった幸運の証。そう、ぼくの蹴飛ばした花鋏のことだよ。きみは、雨の中、去り際に、あの鋏を、ぼくのポケットに落とした。共犯の証拠としては、あまりにも軽いそれが、きみとの人生の碇《いかり》の重みを持ち始めた時、ぼくは、何があっても愛し抜くのを心に誓ったのだ。

大事に大事に磨き続けては、ながめして来たあの鋏が、きみの最期を締めくくるギロチンの役目を果してくれるとは、まさか予想はしていなかった。でも、このちっぽけな刃物ほど、ぼくときみの永遠を御膳立てするに相応しいものはないだろう。ぼくは、断ち切るという行為で、きみと固く固く結び付く。このいとおしい逆説。ぼくは、きみが、寝入ってしまうのを見届けて、その性器に刃を当てた。そして、美しい花を付けた枝にするように、思いを込めて、ひと息に剪定《せんてい》した。続いては、無駄に繁る、いくつかの動脈を。生け花をやっていたのは、この日のためだったのか、と腑に落ちた。

ユメ、ときみは、ぼくの名を呼んだ。最期に口にした、その言葉が、きみの墓碑銘になる。

あたりは血の海だ。ぼくたちが、この真紅に染め上げられた床に生み落としたものが、何かは解らない。ぼくは、ただ、きみの体にしがみつきながら、見えない赤子を抱き締める。

はあるーのーおーがーわーはーさーらさーらゆーくーよー。

ぼくは、歌う。ジョン・レノンの真似をしているというのに、何故だろう、唱歌だ。きみが、もう歌ってくれないから自分で歌い続ける。この素晴しき世界のことを。咲けよ、咲けよと囁きながら。

初出「小説現代」二〇一一年一〇月号

山田詠美（やまだ・えいみ）
一九五九年、東京都生まれ。八五年、「ベッドタイムアイズ」で第22回文藝賞を受賞しデビュー。八七年に『ソウル・ミュージック・ラバーズ・オンリー』で第97回直木三十五賞、八九年に『風葬の教室』で第17回平林たい子文学賞、九一年に『トラッシュ』で第30回女流文学賞、九六年に『アニマル・ロジック』で第24回泉鏡花文学賞、二〇〇一年に『A2Z』で第52回読売文学賞、〇五年に『風味絶佳』で第41回谷崎潤一郎賞を受賞。著書に『ぼくは勉強ができない』『マグネット』『姫君』『PAY DAY!!!』『学問』『タイニーストーリーズ』など多数。

ジェントルマン
二〇一一年一一月二五日　第一刷発行
著者　山田詠美《やまだえいみ》
発行者　鈴木哲
発行所　株式会社講談社
〒一一二―八〇〇一　東京都文京区音羽二―一二―二一
出版部　〇三―五三九五―三五〇四
販売部　〇三―五三九五―三六二二
業務部　〇三―五三九五―三六一五
印刷所　大日本印刷株式会社
製本所　黒柳製本株式会社
本文データ制作　講談社デジタル製作部
定価はカバーに表示してあります。

ISBN978-4-06-217386-5　Printed in Japan

著者既刊

A2Z
エイ・トゥ・ズィ

恋は、知らない時間を連れてくる。

文芸編集者・夏美は、年下の郵便局員・成生と恋に落ちた。同業者の夫・一浩は、恋人の存在を打ち明ける。恋と結婚、仕事への情熱。あるべき男女関係をぶち壊しているように思われるかもしれないが、今の私たちには、これが形――。AからZまでの26文字にこめられた、大人の恋のすべて。読売文学賞受賞作。

講談社文庫　定価490円

※定価は税込価格です。

著者既刊

饗饗文学カフェ
高橋源一郎
山田詠美

文学は饗饗買ってナンボ！ 店長・高橋、副店長・山田両氏が多彩で偉大で饗饗なゲストを迎え「文学さん」への愛を語る鼎談集！

講談社文庫　定価５８０円

ファッション ファッショ
山田詠美
×ピーコ

「流行に踊らされない、ブランドに頼らない」を主眼に、いつの世でも蔓延するセンスのないファッションを、ふたりが一刀両断！

講談社文庫　定価５４０円

ファッション ファッショ マインド編
山田詠美
×ピーコ

二人の愛ある「毒」はヒートアップ！ ファッションの基本から、食べ物の好み、日本男子の「胸文化・尻文化」にも話は及ぶ。辛口トーク集最終章。

講談社文庫　定価５４０円

日はまた熱血ポンちゃん
山田詠美

ポンちゃんと愉快でクールな仲間との、祭りのような日々は続く。毎日を楽しく過ごすための名言満載！ ページを開けば幸せが溢れる大人気エッセイ。

講談社文庫　定価５６０円

熱血ポンちゃんが来りて笛を吹く
山田詠美

その笛の音のグルーブは幸せの酔い心地。コージーな空間を求め日夜奔走するポンちゃんと仲間達の日常とは？ スウィートでデリシャスな人気エッセイ。

講談社文庫　定価５２０円

※定価はすべて税込価格です。